천곰 이해하는 사이

십분 이해하는 사이

김주원 소설

교유서가

차례

십분 이해하는 사이
7

우주맨의 우주맨에 의한 우주맨을 위한
자기소개서
31

해설 | 모르는 사이
조형래(문학평론가)
81

작가의 말
91

십분 이해하는 사이

1

너는 내 발소리를 들었을 거야. 너한테는 내 발소리
가 들렸을 거야. 하지만 너는 누가 왔는지 뒤돌아보지
않고 있지. 안녕, 지금 소리 없이 너한테 인사했어. 서
있는 너의 뒷모습에 대고 살랑살랑 오른손을 흔들었거
든. 나른한 봄바람에 흔들리는 벚꽃처럼. 여기 오다 보
니까 학교 진입로와 교정에 벚꽃이 가득 폈더라. 봄빛
이 튀겨낸 팝콘처럼 가지마다 벚꽃이 아주 팡팡팡 피
어올랐어. 너희 학교도 1학기 1차 지필고사 기간이겠
다. 매해 봄은 오지만 같은 봄날은 없어. 그런데 봄날
옥상에 올라오니까 저 뒷모습이 낯익어 보이네. 꿋꿋

하게 뒷모습만 보여주는 네가 남 같지 않단 소리야.

나는 너의 뒤에 서 있어. 바로 뒤는 아니고 한 다섯 발짝 정도 될까. 바로 뒤에 서 있으면 네가 부담스러워할 수도 있고 그렇다고 저 끝에 서 있으면 대화가 안 될 거 아냐. 누가 온 기척은 느꼈을 텐데, 여전히 너는 말 한마디 없이 뒷모습만 보여주네.

뭐 그러면 내가 먼저 말을 걸 수밖에. 야, 근데 반모 해도 되지? 싫으면 싫다고 말해라. 바로 우디르급 태세 전환해서 존모해준다. 자, 나 이제 너한테 말 건다.

"아, 봄 새끼, 존나 싫어. 야, 너도 그래?"

봄이 잘못한 일이 뭐가 있다고 봄을 존나 싫어하겠냐. 너 돌아보게 하려고 허세 떨었어. 방금 나 찐따 같았지. 서열 높은 애들 상대로는 센 척 못하지만 만만하게 안 보이려고 무해한 것들만 골라 디스하는 애. 그런데 그게 만만하다고 떠벌리고 다닌 꼴이어서 어느 날 재수 없게 서열 최상위한테 찍힌 애. 반에서 아무도 말 걸어주지 않는 애. 그래서 너도 대답 안 한 거면 나 조금 PTSD 올 거 같은데. 아니다. 내가 네 입장을 생각 안 했네. 나라도 네 상황이라면 등뒤에서 누가 허세 떨든 말든 귀에 하나도 안 들어올 듯.

"나는 너 이해한다. 지금 대답할 기분 아니겠지."

이건 너 대답 들으려고 한 말 아니야.

"이……해?"

그런데 이렇게 네가 대답하네. 너의 목소리는 한 번쯤 들어본 것도 같고 아닌 것도 같다. 뭐 그냥 평범한 고딩 목소리네. 야, 이거 나쁜 뜻 아니다. 평범하다는 게 얼마나 안전한 건데. 평범하게 학교 다니고 평범하게 졸업하고 얼마나 안전하냐. 그런데 네 목소리는 평범해도 자세는 불안전하네. 벚꽃 피는 지필고사 기간에 5층 옥상에 서 있는 게 안전하지는 않잖아.

"응. 이해. 나는 너 완벽하게 이해해."

"그럼 왜 내가 여기 서 있는지 알겠네."

"응. 뛰어내리려고 폼 잡고 서 있잖아."

"구경 왔냐?"

"그럴 거면 폰 들고 저 아래에서 동영상 생중계했지. 청소년 몸을 던진 중력 낙하 실험 실시간 현장! 너 말리러 온 거야. 떨어지지 마."

"꼰대."

"나 꼰대 아닌데. 야, 근데 네 뒷모습 보고 있으니까 그거 하는 거 같다. 유치원 때 자주 하던 거. 무궁화 꽃

이 피었습니다. 술래가 '무궁화 꽃이'까지 느리게 말하다가 속사포 랩 하듯이 '피었습니다' 하고 딱 뒤돌아봐야 하는 건데. 내가 누군지 안 궁금하냐? 나는 그냥 너 같은……"

"나 같은 건 세상에 또 없어."

"네가 그렇다면 그렇다고 하지 뭐. 그래. 너 같은 건 세상에 없어."

"꺼져."

너도 참 대단하다. 나라면 누가 뒤에서 계속 말 걸면 궁금해서라도 뒤돌아볼 듯. 그런데 너는 그 자세 그대로 말만 뒤로 휙 던지네. 나 두 발짝 다가간다. 그리고 너하고 다르게 봄바람처럼 부드럽게 말할 거야.

"갈게. 너랑 같이."

아, 깜짝이야. 네가 예고 없이 확 돌아봐서 놀랐다. 너, 이렇게 생긴 고딩이구나. 얼평은 안 할게. 대신에 너는 나 얼평 해도 돼. 너희 학교 애도 아닌 애가 여기까지 올라와서 다정하게 말 걸고 있으니까 어때? 야, 초면에 뭐 그렇게 차가운 표정으로 보냐? 한겨울이 따로 없네. 좋아. 그럼 같이 눈싸움해주지.

"꺼져. 남 일에 상관 마."

너 고개 돌렸네. 내가 이겼다. 그래서 나는 다시 동글동글한 너의 뒤통수를 보고 있다. 뒤통수를 보며 한 발짝 거리 좁히기 성공.

"너를 남처럼 생각 안 한다니까. 다른 이유를 대. 너 학원이나 과외로 논술 배운 적 있냐? 나는 배우지는 않았지만 알아본 적은 있음. 네이버 지식인에 내가 쓴 질문 아직 있을걸. 고1인데 학교 관두고 검정고시 봐서 수시 논술 전형으로 대학교 가고 싶은데요 어쩌고저쩌고. 나는 논리랑 말하기 둘 다 약해. 그러니까 이건 네가 나를 이길 거야. 자, 논리적으로 나를 설득해봐. 너 두고 나만 가야 하는 이유."

"뛰어내릴 거야. 지켜보지 마."

"잘못된 선택이라고는 안 할게. 하지만 최선의 결정도 아니야. 지금 당장은 저 아래만 보이지? 떨어지는 것밖에 방법이 없어 보이지? 청소년의 뇌는 전두엽이 아직 다 발달되지 않아서 이성적인 판단이 어렵대. 아, 그렇다고 어른의 전두엽이 완전 성숙하다는 건 아니야. 줄여서 완숙. 완숙하니까 우리집에서 나만 완숙파였던 게 기억난다. 다 계란프라이 반숙파였거든."

아, 우리집이라니. 가족 생각이 나니까 갑자기 말을

못 하겠다. 너는 나에 대해 1도 안 궁금하겠지만 나 집 나왔어. 가족 때문에 나온 건 아니야. 아무튼 너한테 내 이야기를 하려던 건 아니야. 내 이야기는 이것만 기억해라. 내 전두엽은 반숙 상태였어도 내 계란프라이 취향은 완숙이었다고. 뭐 기억 안 해도 되고.

"꺼져. 모르는 사이에 사생활 침해 그만해."

네 목소리 들으니까 얼음물로 세수한 것처럼 정신이 확 든다. 그래, 나는 봄날 옥상에 너를 설득하려고 왔지. 나 너의 옆에 섰다. 나도 불안전하게 난간에 서 있다고. 너 사람 한 명 안 보이는 건물 뒤편 난간에 서 있었네. 와, 저 아래는 완전 학폭 명당이다. CCTV 사각지대라서 쉬는 시간마다 학폭 라이브 펼쳐져도 학교에서는 모르거나 몰랐다고 할 듯. 우리 학교에도 저런 데 꽤 있어. CCTV 있어도 50만 화소가 안 되니까 가해자가 친구끼리 툭툭 장난친 거라고 우기면 가해자 편 어른들은 가해자 폭풍실드 쳐. 가해자가 때리다가 다쳐도 진단서라도 끊어오면 쌍방과실행임. 혹시 네가 여기 서 있는 게 그런 이유냐? 저 사각지대가 사건 현장이냐? 궁예 안 하려고 하는데 만약에 그런 거면 나 너 갓벽하게 이해할 듯. 아니어도 나는 너 이해해.

"내가 중학교 때 한국어문회 한자능력검정시험 4급 땄거든. 지금 이 상황에서 네가 말한 사생활의 '사'는 죽을 사(死)인 것 같은데? 그럼 말리는 게 맞는 거 아냐?"

"그럼 그냥 있어. 남의 사생활 구경이나 하시든가."

야, 방금 내가 얼마나 놀랐는지 알아? 보통은 말하고 나서 숨 한 번 쉬고 뛰잖아. 어떻게 너는 말이 다 끝나기도 전에 뛰어내리려고 하냐. 내가 빛의 속도로 너를 잡고 끌어내려서 다행이다. 너랑 나랑 옥상 시멘트 바닥에 나뒹굴었네. 하나도 안 아프다. 하지만 네가 또 뛰어내리려고 하면 내 마음은 아플 것 같아.

그러니까 야, 너 나랑 대화 좀 해.

2

지금 위험한 영혼 둘이 학교 옥상에 있어. 봄날 오후 5층 옥상 난간에 나란히 앉아 있는 너하고 나 말이야.

"퀴즈, 아무리 높은 곳에서 추락해도 끊어지지 않는 숨은?"

맞혀봐. 봄날의 옥상 돌발 난간 퀴즈야. 너는 아까처럼 하늘 한 번 보더니 바닥에 한숨을 내뱉었어.

"정답! 내 퀴즈의 정답은 '한숨'이거든."

어? 너 방금 내 말에 반응했네. 입꼬리 살짝 위로 올리며 비웃었잖아.

"너는 정답을 말하지 않고 보여준 거야. 한숨 내뱉기. 이 난간에 앉았을 때 너 하늘 본 다음에 바닥에 한숨 내뱉었잖아. 그때 내가 이 퀴즈를 만든 거야."

정답을 맞혔다는데 너는 대답이 없어. 이래서야 대화가 되겠냐고. 뭐 그래도 절반은 성공이야. 당장 네가 뛰어내릴 것 같지는 않으니까. 그나저나 너 운동화 좋은 거 신었네. 에어맥스 오리온 리미티드 에디션. 내가 갖고 싶었던 모델이야. 이거 사려고 떡볶이 가게에서 알바 뛴 거 기억난다. 자칭 친구가 빌려달라고 해서 알바비 다 털렸지만.

"너 나보다 발 사이즈 조금 작은 거 같다. 나 265."

대답 들으려고 한 말 아니야.

"눈깔 뺐네. 야, 딱 봐도 내 발이 훨씬 크잖아. 나 270."

그런데 네가 대답하네. 야, 왼발로 내 오른발을 툭

치는 건 뭔데. 별로 차이도 안 나는구만.

"근데 너 신발 왜 안 벗었냐. 뛰어내리기 전에 벗는 게 국룰 아니냐. 신발 벗으면서 마음 바뀔 수도 있고."

"귀찮아."

"옥상에서 몸 날리는 건 안 귀찮냐?"

"그런 것도 귀찮으면 어떻게 죽냐. 확 그냥 살아야지."

살아야지.

너의 말이 봄바람인 듯 그 말결에 실려 농구하는 소리가 여기 옥상까지 올라온다. 여기로 오면서 운동장에서 농구하는 애들을 봤어. 리바운드 점프 후 착지하는 센터, 통통 공을 바닥에 튀기며 작전을 지시하는 가드, 롱패스 그러나 상대 팀의 인터셉트, 속공과 레이업 슛 성공. 벚꽃보다 더 눈부신 장면이었어. 농구할 때 내 포지션은 가드야. 키가 작아서는 아니고 나는 어시스트하는 게 좋더라. 정말이야. 내가 슛을 넣었을 때보다 슛 성공에 도움을 줬을 때 더 짜릿했어. 너는 농구파야, 축구파야? 아니면 야구나 당구?

난간에서 옥상 바닥으로 안전하게 내려왔다. 너하고 같이 저쪽 난간으로 갈 거야. 물론 억지로는 아니야.

"야, 우리 저기 난간에 앉자."

너의 자유의지를 존중하지만 일단 나는 너의 손목을 잡았어. 뭐야, 너 못 이기는 척 순순히 따라오는데? 이대로 너의 손을 잡고 여기를 벗어날까? 그럼 정말 꼰대가 되는 거지. 나는 너를 설득해서 함께 여기에서 내려갈 거야. 너는 내 손을 놓고 여기 난간에 걸터앉았어. 그럼 나도 그 옆에 앉아 있지 뭐. 저쪽 난간에서 시방 위험한 짐승이던 우리는 이쪽 난간에서 다시 위험한 짐승이 됐어. 학교 관계자들 눈에 그렇게 보일 거야. 학교에서 학생이 추락사하면 얼마나 골치 아프겠어. 평화로워야 할 학교와 관계자들을 위험하게 만드는 짐승. 그런데 학생도 학교 관계자에 포함되나?

"농구 완전 피 터지게 하네."

이쪽 난간으로 오니까 저기 농구 코트에서 농구하는 애들이 잘 보인다. 쟤네 눈에는 우리가 안 보일 거야. 농구에 몰입중이라서 그렇다고 해두자.

"우리 반이야. 5교시 체육이거든. 초코빵이랑 피크닉 내기 걸었을걸."

"너 피크닉 무슨 맛 좋아함?"

"사과."

"또 나만 청포도 맛 좋아하네. 초코빵보다 초코피자 빵이 존맛탱이야. 갑자기 피크닉이랑 초코피자빵 먹고 싶다아. 저기 뭐 주렁주렁 달린 넝쿨 아래 벤치가 명당 이구만. 매점에서 뭐 사와서 먹기 딱 좋네."

"급식 먹고 저 벤치에서 많이 먹어. 나는 그런 적 없 지만."

"어? 체육 선생, 폰 한다. 너 없어진 거 알고 찾나 봐."

"아닐걸. 선생이 학생 직접 찾는 거 봤나? 다른 애 시키지. 애들 농구 시키고 딴짓하는 거겠지."

"그럼 수업중에 누구랑 전화하는 거야?"

"누구랑 하든 말든. 선생들 사생활에 관심 없어. 선 생들도 내 학교생활에 관심 없듯이."

"선생님들이 왜 관심 없어. 상담 요청하면 다 들어주 시잖아. 해결을 안 해줄 뿐이지. 아니다. 못 해주는 거 야. 학교 방침이라는 게 있거든. 그리고 상담을 마치고 서는 이렇게 결론을 짓지. 얘가 설마 이런 일로 극단적 선택을 하겠어? 그리고 가정에도 연락을 안 하지. 별일 아닐 수도 있는데 괜히 일 키우면 안 되니까. 모든 선생 님들이 다 이렇다는 건 아니야. 모든 고딩이 우리처럼 옥상 난간에 걸터앉아 있는 게 아니듯이."

"너도 가. 남 일에 상관 마. 이러다 쉬는 시간 시작
돼."

"아직 5분 남았다. 쉬는 시간 되려면. 내가 쉬는 시
간 십 분 전에 왔거든. 우리 5분이나 이 옥상에 같이 있
었어."

"그럼 남은 5분 동안 이러고 있어라."

뭐야, 갑자기 또 이러는 게 어디 있어. 아니, 너를 탓
하는 게 아니야. 신발 사이즈, 농구, 피크닉 맛 취향, 초
코빵…… 우리 같이 난간에 앉아서 건전하게 대화하
고 있었잖아. 그래서 내가 방심했나봐. 네가 떨어지려
고 다시 일어날 줄 몰랐지. 내 꼴 어때? 두 손으로 네
다리 꽉 붙들고 있잖아. 너 떨어지면 나까지 같이 가는
거야. 나는 이 손 안 놓을 거니까.

"아, 귀찮게 하네. 진짜. 야, 놔."

"싫어. 못 놔. 또 떨어지려고?"

"모르는 사이에 나한테 왜 이러는 거야?"

"뛰어내리지 마. 나랑 같이 가자."

"왜 내가 너랑 같이 가야 하냐고."

"나도 봄날, 혼자 옥상에 서본 적 있어. 밤과 새벽 사

이 아파트 옥상.”

나는 손을 풀었어. 너는 천천히 난간에 걸터앉았지. 그리고 처음으로 나를 제대로 보고 있어. 너의 눈이 내 눈을 바라보고 있잖아. 지금 우리 눈에는 서로만 가득 담겨 있어.

3

자, 나는 옥상 가운데에 서 있어. 옥상은 연극 무대, 하늘에 떠 있는 모든 것들은 조명이야. 너는 단 한 명의 관객. 배우는 하나뿐인 관객에게 부탁하지. 돌아서서 나를 봐달라고. 다행히 너는 내 말을 듣고 자세를 바꿨어. 운동장을 등지고 난간에 앉아 있어.

“자, 여기는 21층 아파트 옥상이야. 깊은 봄밤, 부슬비가 오고 있지. 나는 아래를 봤어. 지나가는 사람이 있나 없나 확인했어. 사람이 없는 걸 확인한 다음 나는 한 발 뒤로 물러났어. 신발을 벗었지.”

그때와 완전히 같을 수 없겠지만 그때처럼 신발을 왼쪽 오른쪽 순서대로 벗었어. 그 옥상에서 오른쪽 신발을 벗을 때처럼 나는 머뭇거렸어. 그다음 한 걸음 앞으로 나왔어. 지금 내 앞에는 네가 있지만 그때 내 앞에는 공중에 어둠이 아슬아슬하게 걸려 있었어.

"이제 공중으로 날아오르기만 하면 됐지. 그런데 이상해. 바로 뒤에 누가 있을 것 같더라. 그래서 돌아봤지."

이제는 네가 내 뒷모습을 보고 있겠지. 내가 관객인 너를 등지고 섰으니까. 너 같은 고딩 뒷모습 보니까 어떠냐? 혹시 딴 데 보는 건 아니겠지? 여기 너랑 나 둘밖에 없는데 네가 나 말고 다른 데를 보고 있다면 좀 슬플 것 같아.

"있었어?"

아, 다행이네. 단 한 명의 관객이 단 한 명의 배우를 따시키지 않아서 다행이야.

"신발 구멍이 있었지. 265밀리, 딱 내 발 크기의 구멍. 어둠이 신발을 신고 있는 것처럼 까맸어. 하지만 느껴졌어. 신발 구멍이 나를 끌어당겼어. 다시 신발을 신었지."

나는 그때처럼 오른발 왼발을 신발에 넣었어. 그때는 다시 신발을 신고 혼자 계단을 내려갔지. 여기에서는 너하고 같이 내려갈 거야. 그러려고 내가 너한테 왔어. 나는 돌아서서 다시 너를 보고 있어.

"신발은 왜 벗었냐?"

나는 바로 대답하지 못했어. 그때 내 행동을 재연극의 연극배우처럼 보여줄 수는 있어. 하지만 내 마음은 재연을 못 하겠거든. 너는 내 침묵에서 대답을 읽었다는 듯이 돌아앉았어. 너의 웅크린 등을 보며 나는 소리 없이 질문해. 너는 이 봄날에 왜 혼자 여기서 이러고 있는 거냐.

"벚꽃은 봄마다 출첵 하네. 저 보라색 포도처럼 매달린 꽃 이름이 뭔지 아냐?"

"바이올렛그레이프플라워?"

"등나무꽃이다. 나도 몰랐다. 오늘 등교할 때 사진 찍어서 검색해보고 알았다. 봄꽃 이름 적기 빙고 게임 하면 나 열 칸도 못 채울 듯."

"저게 등나무꽃이야? 따 안 당하려고 저희들끼리 주렁주렁 잘도 매달려 있네."

"또하나 오늘 알게 된 거. 무슨 봄날이 이렇게 눈이 부시냐. 내가 눈감은 건 무서워서가 아니야. 너무 눈이 부셨어."

내 기척 느껴지냐? 대화하면서 너한테 다가가고 있거든.

"나도 그랬어. 어둠에 바람 한 점 없었어. 보고 있으면 눈이 멀 것 같은 어둠이었어. 그래서 눈감았어."

"이해해."

"우리는 서로 이해하는 사이네. 나는 처음부터 너 이해했으니까."

"여기 둘밖에 없는데 사이는 무슨."

"야, 둘만 있으니까 사이 하면 되겠네. 너한테 선택권 준다. 너, 사 할래? 이 할래?"

너의 옆이 내 자리인 양 난간에 걸터앉았어. 방금 너 피식 웃었지? 내 말 때문에 웃은 거냐? 아무튼 너한테는 내 개그가 통하는 듯. 통한다는 게 중요한 거지. 그나저나 오늘 정말 찬란한 봄날이네. 근데 중요한 건 마음의 날씨 아니겠냐? 네 마음의 날씨는 어떠냐? 오늘 같은 봄날인지, 너도나도 한 번은 맞아본 한여름 소나기가 내리는지 아니면 태풍이 부는 중인지, 그도 아니면 겨울 진눈깨비가 퍼붓는 중인지. 그래, 나는 지금 네 마음이 어떤지 몰라. 하지만 나는 이런 것도 이해라고 생각해. 바로 옆에 앉아서 너의 마음이 어떨지 헤아

려보는 거 말이야.

"그럼 내가 '사' 할게. 네가 '이' 해."

봄날, 이 학교에서 아슬아슬한 건 우리 둘뿐인 것 같다. 그치? 남들이 우리를 발견한다면 그렇다는 소리야. 정작 너나 나는 이제 이 난간이 익숙하잖아.

"네가 사 한다고? 그럼 내가 사 할 거야. 야, 이. 그다음은 말 못 해. 혼자 서 있을 때 너무 눈이 부셔서 내가 눈을 감았다고 했잖아. 그다음은 얘기 못 해준다고."

"안 해도 돼."

"말해달라고 하면 어떡하나 조금 고민했다. 이거야말로 사생활인데. 나도 네 사생활 안 물어볼게. 사생활은 존중해야지."

너 왜 나 빤히 보면서 말하냐? 네가 내 옆얼굴을 보고 있으니까 내가 네 쪽으로 고개를 돌리면 서로 마주 보게 되잖아. 너 왜 웃어? 시비 거는 거 아니고 갑자기 웃으니까 이상하잖아. 나 정면 볼 거다.

"이, 조금만 있다 가자. 속으로 내 나이만큼만 셀게."

"쉬는 시간 시작되겠다. 2분 남았는데."

"야, 내 나이 안 많거든. 그전에 다 세. 지금부터 1초에 하나씩 센다."

하기는 우리 나이 더해서 세도 40초도 안 걸릴걸. 난간에 걸터앉아서 눈 감고 고개 숙인 채 나이를 세는 고딩 '사'. 이제는 내가 너를 뚫어져라 보고 있네. 에잇, 하늘이나 봐야지.

"나 이제 안 뛰어내린다. 현실자각타임 왔거든. 너는 몇 번 뛰어내렸냐? 이것도 사생활이면 대답 안 해도 된다."

그새 나이를 다 센 네가 물었어. 너 이제 안 떨어진다고 하니까 다행이긴 한데 내 기분이 이상하다. 그러니까 너는 나에 대해서도 눈치챈 거네. 내가 세상을 나오면서 자연스레 집까지 나왔다는 것을.

"21층 옥상에서 열일곱 번."

"그랬구나."

"열일곱번째로 떨어질 때 보이더라. 바닥에 있는 내 모습이. 기억력이 좋은 편인데 내 엔딩이 기억 안 나더라. 그래서 그렇게 떨어진 거야. 너는 현실자각타임이 나보다 훨씬 빠르네."

"나도 엔딩은 기억 안 나. 봄날이 눈부셔서 눈감은 것까지만 기억난다. 그래서 그다음을 말해줄 수 없는 거야. 너 아니었으면 나도 내 나이만큼 뛰어내렸을걸. 네가 파수꾼이네. 옥상의 파수꾼."

뭐라고 대답해야 할지 모르겠다. 나는 현실을 알려주려고 한 게 아니야. 초면이지만 네 상황을 이해하고 있으니까 잘 설득해서 여기서 내려가려고 했어.

"야, 근데 바닥에 나 안 보이는데? 이따가 보이냐?"

그사이, 너는 맞은편 난간으로 갔어.

"조금 있으면 보이지 않을까. 네가 현실을 깨달았으니까."

"현실의 기준은 누가 정하는 거야? 지금 우리한테는 우리가 얼굴을 보면서 서로 대화하는 이 순간이 현실 아니냐?"

"너 존나 똑똑하네. 그런데 언제 알았냐?"

"네가 내 다리 붙잡고 말했잖아. 또 떨어지려고? 이 말 안에는 내가 이미 떨어졌다는 의미가 있잖아? 말실수인가 싶었는데 조금 이상했지. 그다음 네 얘기 듣고 확신했지. 네가 말했잖아. 뒤돌았는데 아무도 없고 신발 구멍만 있었다며. 그 구멍이 다시 너를 잡아당겼다며. 그때는 아무도 없었겠지."

"맞아. 내 신발만 있었다."

"그때 너는 살아 있었으니까."

우리는 둘 다 침묵했어. 그 사이로 따뜻한 바람이 불고 농구에서 이긴 애들의 함성, 교실에서 수업하는 소리, 꽃잎 한 장이 떨어지는 소리, 봄날이 반짝이는 숨소리가 들렸어.

"말이 되냐. 여기 나 말고 딴 애가 있다는 게. 그리고 다른 애가 나한테 말을 건다고? 그리고 온몸으로 껴안으면서 나를 말린다고? 이게 우리가 있던 현실에서 말이 된다고 생각하냐? 이 세상에 없는 사이지."

"듣고 보니 그러네."

"가자, 진짜 쉬는 시간 시작되겠다."

곧 너하고 나는 난간에서 내려왔어. 그리고 누가 먼저랄 것도 없이 수고함을 이해한다는 듯이 서로의 어깨를 톡톡 두드려주었지. 앞으로 어디로 가냐고 네가 물었어. 나는 가다보면 알게 될 거라고 대답했지. 그리고 우리는 잠시 말이 없었어. 그러고 보니 우리는 그 이야기를 하지 않았어. 봄날, 우리가 왜 위태롭게 혼자서 있어야 했는지. 이거야말로 어디에도 말 못 하고 혼자만 알아온 사생활이잖아. 말하자면 사에 이르게 된 사생활.

"가다가 심심하면 내 사생활 얘기해줄게."

"나도 너한테만 공개한다. 내 사생활."

드디어 쉬는 시간이야.

우리는 십 분 전에 만난 사이인데 누가 보면 십분 이해하는 사이로 알 거야. 누가 앞서거나 뒤처지거나 하지 않고 친구처럼 나란히 뒷모습을 보이며 걸어가고 있잖아.

우주맨의 우주맨에 의한 우주맨을 위한
자기소개서

1

저는 1988년 서울올림픽이 열린 해에 태어났습니다. 88서울올림픽의 슬로건은 인류의 '화합과 전진'입니다. 88년생 올림픽 기간에 태어난 제 좌우명이기도 합니다. 저는 근무할 때도 화합과 전진을 최고의 가치로 생각합니다. 이력서에 나와 있듯이 다년간 패스트푸드점에서 일하면서 전진하는 프로 서비스 정신으로 손님을 대했습니다. 식품의 안전과 위생을 꼼꼼히 체크했고 늘 미소로 손님을 맞이했습니다. 이후 통신사 고객센터 업무를 할 때는 고객과 화합한다는 마음가짐으로 친절하게 응대했습니다. 현재는 체력은 곧 정신력이라는 마음으로 꾸준히 운동을 하며 체력단련에 힘쓰고 있습니다. 저는 고객의 안전과 서비스를 책임지는 '책임맨'이 되고 싶습니다. 오늘은행의 청원경찰 공개채용에 딱 맞는 인재라고 자신할 수 있습니다. 오늘은행의 청원경찰이 된다면 은행의 직원을 포함해서 은행을 오가는 모든 고객들이 제 가족이자 친구라는 마음으로 진심을 다하겠습니다. 화합의 정신으로 늘 전진하는 책임맨이 될 것을 굳게 다짐합니다!

"올, 김한솔 자소서 영재인데? 아주 그냥 술술 나오네. 그런데 '굳게 다짐합니다'는 너무 국기에 대한 맹세 같지 않냐?"

"그럼 '굳게 약속합니다'로 바꿔. 삼촌, 약속 굳게 지켜라. 자소서 다 쓰면 삼촌 계정으로 나 롤 해도 되지?"

"오브 코올스."

위 대화를 보면 아시겠지만 저 자소서 내용은 경기도 태양시 덕양구 태양 논술학원 대표로 전국 논술대회에 나가 버금상을 받은 논술 전형 유망주 제 조카 김한솔 군의 도움을 받아 작성됨을 밝힙니다. 저의 언어능력은 논술은 고사하고 그냥 먹고 싶은 것을 아무거

나 술술 말하는 대회가 있다고 해도 예선 탈락할 수준입니다. 이런 저는 김한솔 군의 하나뿐인 단독 외삼촌 '김세종'입니다. 그러니까 김한솔 군은 저의 다섯 살 위의 누나 김서희 씨가 낳은 생명체입니다. 누나 김서희 씨는, 서른에 아이를 첫 출산했고 서른한 살에 첫 이혼을 했으며 서른두 살에 초딩 때부터 알고 지낸 절친의 권유로 주식에 투자했다가 삼천만 원을 날리고 서른셋에 세상에 믿을 것은 자신과 자신의 배로 낳은 새끼밖에 없다는 인생 가치관을 확고히 다지며 가열하게 보험설계사 일에 매진한 결과, 현재 경기도 태양시 덕양구 행호천변에 있는 행호빌라 303호의 소유주입니다.

"내 새끼, 세상에서 엄마 빼고 아무도 믿으면 안 돼. 알았지, 내 새끼?"

김서희 씨는 만취하면 하나뿐인 아들한테 내 새끼로 시작해서 내 새끼로 끝나는 수미상관 주사 가정교육을 실시합니다. 김한솔 군은 비록 삼촌의 계정으로 게임을 해도 현재 휴업 인력인 삼촌에게 인류애를 뿜뿜 내뿜는 친절한 초딩입니다. 저는 어떤 차별과 혐오 없이 인류애를 발산하는 것이 영웅이 갖추어할 기본 소양이라고 생각합니다. 영웅 영재라는 것이 있다면 우리 김한솔 군을 적극 추천하고 싶습니다.

그러니 6월 21일 오후, 자기 엄마한테 된통 깨진 삼촌을 구해주기 위해 자소서 내용을 술술 말해주고 있는 것이죠. 저는 김서희 씨 소유의 빌라 303호에 거주 중인데요. 아무래도 김서희 씨는 저를 집 지키는 '견' 역할, 그러니까 인견으로 사용하기 위해 같이 살자고 제안한 것 같습니다. 저와 김서희 씨의 부모님은 오늘날까지 남을 등쳐 먹기는커녕 남의 등짝 스매싱 한 번 날려본 적 없는 무해한 분들로서 현재 시골로 귀농해서 소소하게 자급자족 목적으로 유기농 채소를 재배하며 지냅니다. 저는 청년 실업까지는 아니고 현재 휴업 중인 인력으로 어쨌든 일자리를 구해야 해서 김서희 씨와 전략적 제휴를 맺어 같이 살고 있습니다. 이 말은 김서희 씨와 저 김세종 간에는 갑과 을이 아닌 동등한 관계가 형성되어 있다는 것인데요.

오늘 새벽 두시쯤 이 집에서 가장 작은 제 방의 문이 벌컥 열리는 사태가 발생합니다. 김서희 씨에게 저의 용도는 인견뿐만 아니라 욱하는 감정을 받아내는 분노 쓰레기통이기도 합니다.

"야, 김세종, 누나가 일하고 새벽에 들어왔는데 백수가 자고 있냐. 이 누나는 오늘이 6월 21일 김세종 생일인 것도 기억하는데 이 새끼야. 그런데 너 이 새끼는 처자빠져 자려고 굳이 태어났냐? 이럴 거면 인생 폐업해, 이 새끼야."

김서희 씨가 주사를 부리는 것 같지만 술의 힘을 빌려 진심을 전하는 장면입니다. 저는 김서희 씨의 진심을 저의 언어로 번역해서 받아들입니다. 그래야 감정의 충돌을 피할 수 있거든요. 오늘 새벽 김서희 씨의 속사포 언어 공격을 제 언어로 번역하면 이렇습니다.

'내 동생 김세종 들으렴. 이 누나는 일하고 새벽에 왔는데 동생은 누나 걱정 안 하고 잘 자고 있구나. 누나는 오늘이 동생 생일인 것도 알고 있는데 동생은 참 잘도 자는구나. 그래, 내 동생 푸욱 자렴.'

현장에서는 절대 김서희 씨의 언어 공격에 반응하지 않고 숨죽이고 자는 척해야 합니다. 그러면 김서희 씨는 적당히 끝내고 며칠은 잠잠해집니다. 그런데 오늘 아침 다시 제 방의 문이 벌컥 열렸습니다.

"야, 김세종, 지금 오전 7시 둥근 해가 뜬 아침이다. 이 누나는 새벽에 들어와서도 오늘을 열심히 살려고 출근준비 하는데 아직도 처자빠져 자냐? 얼른 못 일어나? 아이고. 내 새끼 일어났어요? 엄마 늦게 들어와서 미안해요. 오늘은 일찍 들어올게요."

이때 기막힌 타이밍으로 저의 조카 김한솔 군이 자기 엄마가 너무나 귀여워하는 포즈인 한 손으로 고양이처럼 눈 부비기 귀염 뽀짝 스킬을 구사하며 제 방에 들어왔습니다. 두 눈을 감고 있어도 저를 구해주는 작은 영웅 김한솔 군의 모습이 머릿속에 다 그려집니다. 이런 것만 봐도 우리 김한솔 군은 행호빌라 303호에서 저의 작은 영웅입니다. 김서희 씨가 어서 나가기를 바라며 저는 이불을 뒤집어쓰고 있었습니다.

"김세종, 이거 내일까지 꼭 내라. 안 내면 사고사로 잘 위장해줄게. 내가 네 생명보험 꼬박꼬박 넣는 거 알지? 수익자는 바로 나."

김서희 씨가 이렇게까지 한 적은 없는데 이불을 들쳐서 제 귀에 대고 이 말을 푸욱 찌르더군요. 그러고는 제 목 옆에 종이를 두고 나갔습니다. 내일 6월 22일 오후 6시까지 이력서 접수 마감인 오늘은행 2년 계약직 청원경찰 채용공고문. 저는 그 종이를 책상 위에 방치했습니다. 그런데 오후에 학교에서 돌아온 김한솔 군이 펼쳐보더니 말했습니다.

"이거 엄마가 내일까지 낸 숙제야? 와, 정말 멋지다. 여기 합격하면 앞으로 삼촌이 오늘은행을 지키는 거야? 그런데 삼촌, 자소서 한 글자도 안 썼지? 내가 도와줄게. 오늘은 학원 안 가는 날이라서 시간 돼. 대신 삼촌 계정으로 롤 오케이? 안 걸리게 할 테니까 걱정 말고."

김한솔 군은 저를 책상 앞에 앉히더니, 푹 꺼진 저의 자존감에 후후후 인공호흡을 하듯이 기를 불어넣어주었어요. 김한솔 군은 제가 태어난 해를 휴대폰으로 검색하면서 역사적인 사실과 어떻게든 제 이력을 연관지으려고 했습니다. 그 모습이 귀엽고 든든해서 저는 김한솔 군이 술술 불러주는 대로 자기소개서를 작성했습니다. 저의 능력이라면 오타 없이 타다다닥 마치 초원을 날쌔게 달리는 한 마리의 치타처럼 타자를 쳤다는 것 정도였죠. 그런데 잠시 후 김한솔 군의 휴대폰이 막 울려댔어요. 발신자를 확인하는 김한솔 군의 얼굴에 미소가 가득한 걸 보니, 김서희 씨한테 걸려온 건 아니었어요. 김한솔 군은 휘리릭 자기 방으로 가서 통화를 하고 나왔습니다.

"삼촌, 나 잠깐 나갔다 올게. 늦어도 5시까지는 올게. 오늘 자소서 내가 책임지고 꼭 도와줄 테니까 걱정 말고 나만 믿어. 알았지?"

김한솔 군은 한껏 들떠 있었습니다. 붙잡을 새도 없이 김한솔 군이 현관문을 닫고 우당탕탕 3층 계단을 내려가고 제가 인터넷 포털 사이트에서 그 기사를 본 게 오후 3시 55분쯤.

대한민국 첫 우주발사체 누리호 오늘 오후 4시 2차 발사 확정

2

사실, 저는 88년생 우주맨입니다.

비로소 자기가 쓰는 자기소개서의 시작입니다. 물론 제가 우주맨이라는 것을 아무도 궁금해하지 않을 것이라는 것을 저는 잘 알고 있습니다. 우주맨은 보통 인간이라면 상상도 할 수 없는, 정확히는 그 누구도 상상하지 않는 능력을 보유한 슈퍼 무존재 히어로입니다. 제가 우주맨이라는 사실을 아는 사람은 지구에서 저밖에 없습니다. 사실 저도 어른이 된 언젠가부터 어제까지 제가 우주맨이라는 사실을 잊고 살았습니다. 그러니까 현재 김한솔 군과 같은 나이 십 세 때, 우주맨이 되었으니 두 번 다시 돌아오지 않을 어린 날의 한때처럼 자연스럽게 멀어진 것이죠.

그런데 누리호 2차 발사 실시간 현장 중계를 보다가 왜 갑자기 그 사실이 떠올랐을까요. 누리호가 나로우주센터 발사대에서 화염을 내뿜으며 우주로 돌진하는 순간 제 안의 깊고 그윽한 곳에서 무언가 꿈틀 움직였습니다.

그래, 맞아. 나 우주맨이었지. 나 김세종 지금도 우주맨이야.

물론 한국항공우주연구원에서 오늘이 88년생 우주맨 김세종의 생일인 줄 알고 누리호 2차 발사를 결정한 건 아닙니다. 다만 한국형 첫 우주발사체 누리호의 발사 장면을 실시간으로 보며 우주맨이자 휴업 인력인 하나뿐인 저라는 존재가 향수에 빠진 것뿐이죠.

우주맨의 이름으로 역사에 남을 K-우주개발의 신호탄 누리호 발사 성공을 축하합니다.

　우리나라가 세계 일곱번째 우주강국에 당당히 합류
했다며 누리호 발사 성공을 알리는 기사에 저는 첫번
째로 댓글을 작성했습니다. 이때가 오후 5시 8분. 그리
고 5시 10분 제 댓글에 비추천 1이 찍힌 걸 보고 컴퓨
터를 끄고 침대에 누웠습니다.

　이 자기소개서에서 처음 밝히는데 저는 열 살의 어
느 봄날, 중학교 옥상에서 처음 본 형을 구한 경험이 있
습니다. 하지만 당시에는 어렸기에 제가 그 형을 구했
다고 인지하지 못했습니다.

　학교 담장의 개나리가 노랗게 물든 1997년 3월이었
습니다. 초등학교 3학년이었던 저는 오후에 아빠의 직
장에 왔습니다. 엄마가 아빠의 부탁으로 서류를 가지
고 아빠의 직장으로 가게 되었는데 저를 데리고 같이
간 것이지요. 그 당시 아빠는 중학교에서 한국사를 가
르치고 있었습니다. 세종. 당연히 제가 세종대왕 같은
역사적 위인은 못 되겠지만 그래도 한 사람에게만큼은
이로운 존재가 되길 바라며 부모님이 지어준 이름이
죠. 누나 김서희 씨의 이름 역시 외교 담판으로 유명한

고려의 문신 서희에게서 따온 것입니다. 갑자기 소변이 마려워서 저는 화장실에 가겠다고 했고 엄마는 어디 가지 말고 화장실 앞에 서 있으라고 저한테 단단히 일렀습니다. 그러고는 아빠를 만나러 갔죠. 화장실에서 소변을 보고 나왔는데 지구의 나비가 아닌 것 같은, 샛노란 나비 한 마리가 제 주변에서 얼쩡거렸어요. 그 날갯짓은 꼭 따라오라고 손짓하는 것 같았습니다. 뭐에 홀린 듯이 나비를 따라갔습니다. 수업중이어서 복도와 계단에는 지나다니는 사람이 없었습니다. 있었다고 해도 제 눈에는 나비만 보였기 때문에 제가 알아채지 못했을 수도 있습니다.

샛노란 나비를 따라서 어린 제가 도착한 곳은 중학교 옥상이었습니다. 나비는 날갯짓하며 옥상 난간에 바싹 붙어 서 있는 형의 어깨에 잠시 앉나 싶더니 제가 그 바로 뒤에까지 오니까 아래로 나풀거리며 날아갔습니다. 그리고 앞에 있던 형이 뒤를 돌아보는 바람에 서로 눈이 마주쳤습니다.

"여기는 왜 올라왔어? 내려가."

처음 보는 형이었는데 무릎을 굽혀 저와 눈높이를 맞추더니 부드럽게 말했습니다. 제 손가락이 그 형의 교복 상의에 닿을락 말락 움직였습니다.

"그럼 형도 같이 가."

놀랍게도 제 입에서 알아들을 수 있는 말이 나왔습니다. 어렸을 때 저는 언어 발달이 뒤처지는 아이였습니다. 표현 언어 능력에 문제가 있었던 것 같습니다. 하지만 어른이 되어서 엄마와 밥을 먹다가 제가 어릴 때 표현 언어 장애를 겪지 않았냐고 무심코 물은 적이 있는데 엄마는 손사래까지 치며 아니라고 했습니다. 무슨 소리냐고. 제가 가르쳐주지도 않았는데 알파벳을 줄줄 외우고 천자문도 줄줄 말하던 천재만재였다고 그랬습니다. 엄마의 말을 눈으로 볼 수 있다면 캥거루처럼 펄쩍펄쩍 뛰고 있었을 겁니다. 어렸을 때 엄마 앞에서 같은 문장을 줄줄 외우고 발음을 교정받던 기억이 제 머릿속에 새록새록 남아 있는데 말입니다.

형은 제 머리를 쓰다듬어주더니 구석으로 가서 털썩 주저앉았습니다.

"나는 여기 2학년에 다녀. 방금 이 육체라는 특수 죄수복을 훌훌 벗을 뻔했지."

중2병이라는 말이 괜히 있는 게 아닌 듯 이렇게 말하고 담배연기를 날렸습니다. 봄날의 옥상에서 형이 내

뿜은 담배연기가 꼭 이리로 오라고 손짓하는 듯 보였습니다. 그래서 형 앞으로 다가갔습니다.

"꼬마 너만 아니었으면 난 벌써 내 고향 우주로 갔을 텐데. 지구인의 언어로 말하면 오늘은 네가 나를 구한 거야."

형은 긴 담배를 끄고 하늘을 바라보았습니다. 정말 하늘 너머에 고향이 있기라도 한 것처럼 아득한 눈빛이었습니다. 그 눈빛을 따라 제가 올려다본 곳에는 그저 맑고 푸른 봄 하늘만 펼쳐져 있었습니다.

"꼬마야. 나랑 만난 거 비밀이야. 말하면 안 돼."

곧 형이 제 얼굴을 보며 친절한 목소리로 말했습니다. 제가 고개를 끄덕이자 형은 비밀을 알려주려는 듯 손가락을 까닥했습니다.

"그래. 착한 꼬마네. 너한테는 특별히 내 정체를 알려줄게. 좀더 가까이 와봐."

그 형은 자신이 X은하에서 왔다고 했습니다. 여기서 'X'는 은하의 이름이 아니고 저 같은 순혈 지구 꼬마에게는 그 이름을 발설하면 안 되기 때문에 말할 수 없음을 뜻하는 알파벳이라고 했습니다. 말할 수 없는 그 은하에서 형은 어떤 잘못을 했는데 역시 저 같은 지구 꼬마한테는 형의 잘못을 알려줄 수 없다고 했습니다. 아무튼 형은 그 벌로 지구로 온 것이라고 했습니다. 지구밖의 우주 생명체들에게 지구는 푸르고 둥근 감옥이었나봅니다. 그런데 얼마 전에 가석방을 통보받아서 X은하에 있는 고향으로 돌아갈 수 있다고 했습니다. 그러기 위해서는 영혼이 육체라는 특수 죄수복을 벗어야 한다고 했습니다.

말하는 동안 형은 새 담배를 만지작거렸지만 피우지는 않았습니다.

"꼬마야. 너 내 말을 믿니?"

저는 천천히 고개를 끄덕거렸습니다. 열 살의 저는 그 형의 이야기가 거짓인지 굳이 판단하려고 하지 않았던 것 같습니다. 그러니까 밤에, 어른들이 환상동화를 읽어줄 때 잠들기 전 어린아이가 동화가 픽션인지 논픽션인지 따지지 않듯이.

제가 가장 솔깃한 부분은 따로 있었습니다.

"이렇게 만난 것도 인연인데. 꼬마야, 너한테 선물을 줄게."

선물. 열 살 아이에게도 활어 같은 심장이 있음을 확인해주는 단어였습니다. 그 형이 선물을 준다며 저의 작은 손을 꼭 잡았을 때 심장이 제철 활어처럼 팔딱팔딱 뛰었습니다. 형은 사이비 교주처럼 잠시 두 눈을 감고 뭐라고 중얼중얼해댔습니다. 확실히 우리나라 말은 아니었고 어느 소수민족의 언어인지는 모르겠으나 제가 생전 처음 들어보는 괴상한 말이었던 것 같습니다. 저 중얼거림이 끝난 후에야 선물을 주는가 싶어서 저는 빨리 형이 눈을 뜨기를 바랐습니다. 그리고 중얼거림을 멈추고 두 눈을 딱 뜬 순간.

아무 일도 일어나지 않았습니다. 옥상 어디에도 형의 선물이 보이지 않았습니다.

"꼬마야. 이제부터 너는 지구에서 하나뿐인 특별한 인간이야. 지구인에겐 이런 능력이 없거든. 이 순간부터 너는 우주맨이야."

"우주맨?"

지구인들에게 없는 능력을 가진 것만으로도 저는 지구에서 영웅이라고 그 형이 그랬습니다. 그래서 저를 우주맨이라고 불러주었던 것이고요. 형은 우주맨의 능력도 차근차근 설명해주었습니다. 두 눈을 감고 오른손으로 왼쪽 가슴 심장 부근에 갖다대야 하는 동작을 보여줄 때는 진지했습니다. 형은 그게 우주맨의 시그

니처 포즈라고 했습니다.

"꼬마 널 만난 것만 봐도 오늘은 돌아갈 날이 아닌가 봐. 주말에 가지 뭐. 떠나면 지구의 봄을 두 번 다시는 못 볼 테니까."

잠시 후 형은 제 손을 잡고 계단을 내려왔습니다. 1층 본관 앞에 저를 데려다주고는 잘 가라고 손을 흔들었습니다. 그게 그 형의 마지막 모습이었습니다. 본관 입구에 서 있으니까, 잠시 후에 엄마가 와서 어디에 갔었냐며 버럭 외치며 저를 안아주었습니다.

일요일 한낮, 아빠가 검은 양복을 입고 집을 나섰습니다. 저는 아빠가 나가는 것을 보고 거실 소파에서 깜빡 잠이 들었다가 엄마의 목소리를 듣고 깨어났지만 두 눈을 감고 있었습니다. 엄마가 바로 앞에서 집 전화로 누군가와 통화를 하고 있었습니다.

"부모가 이혼하고 가정 상황도 안 좋고 그랬나 봐. 학교에서도 혼자 다니고 어디 마음 붙일 곳이 없어 보이는 아이였대. 그렇다고 어린 나이에 그런 선택을 하다니. 서희 아빠가 소식 듣고 애가 짠하다면서 아까 거기 가본다고 나갔잖아. 장례식장은 무슨. 애가 그렇게 갔는데 서둘러 화장해서 납골당에 됐대. 그치. 서희 아빠 마음이 약해. 그러니까 친구가 부탁하면 돈 다 빌려주고 사기당하잖아. 에이, 생각하니 화나. 언니 전화 끊어."

엄마의 통화를 듣고 있는데 찔끔 눈물이 고였습니다. 어른이 된다는 것은 양파 껍질처럼 벗겨지는 현실의 속살을 눈물 참고 응시하는 과정인지도 모르겠습니다. 그런데 어른이 되고 만 오늘의 저는 어째서 자기소개서 도입부에서 열 살 때의 옥상 경험을 두고 모르는 사람을 구했다고 했을까요. 언젠가부터 자신이 우주맨이기도 하다는 사실을 방치하고 지내다보니, 지구인의 관점에서만 생각하게 된 건 아닐까요.

뚝, 엄마가 수화기를 소리 나게 내려놓았을 때 저는 오른손을 왼쪽 가슴에 갖다댔습니다. 그날 학교 옥상에서 형이 알려준 대로 말입니다. 그러곤 마음속으로 '전화'라고 말했습니다. 형이 준 선물, 통신 불법 공유. 전화 숫자 다이얼이 별처럼 반짝반짝 빛났습니다.

"전화라고 말해도 되고 마음속으로 생각해도 돼. 그러면 숫자가 뜰 거야. 그럼 상대방의 전화번호를 말하거나 생각하면 돼. 바로 연결이 될 거야. 이건 X은하 우주인이라면 누구나 할 줄 아는 자체 통신 능력 중 아주 작은 부분이야. 지구인이 사용하는 통신 수준에 맞게 바꿔서 너한테 공유하는 거야. 사실은 이것도 법으로 금지된 거야. 그런데 이 정도 수준의 불법 공유는 괜찮아. 초강력 능력은 너하고 공유할 수 없어. 아, 참 이건 걸 수만 있는 전화야. 삐삐 확인하러 굳이 공중전화에 갈 필요가 없지. 대단하지? 너는 이 능력으로 위험에 처한 아이도 구할 수 있고 어쩌면 위기에 처한 지구도 구할지도 몰라. 너는 슈퍼 히어로 우주맨이 되는 거지. 아쉽게도 다른 사람들은 네가 우주맨이라는 걸 모르겠지만."

형이 그날 옥상에서 한 말은 진짜였습니다. 빛나는 숫자 다이얼이 뜬 것만으로, 의심할 여지가 없었습니다. 형은 무사히 고향에 갔을 거라는 생각이 들었습니다. 두 눈을 감고 저는 빛나는 다이얼을 보고만 있었습니다. 전화를 걸고 싶은 곳이 있기는 했는데 번호를 몰랐습니다. 그 형은 제게 삐삐 번호도 가르쳐주지 않았습니다. 알려줬더라면 삐삐 번호를 누르고 삐 소리가 나면 고향에 잘 도착했냐고 제 목소리를 들려주었을 텐데 말입니다. 당시 저는 삐삐 없는 초등학생이라서 형의 선물을 사용해보지 않았습니다. 어린 저는 두 눈을 감으면 전화 숫자 다이얼이 반짝반짝 뜨는 것만으로도 우주를 가슴에 품은 것처럼 벅찼습니다. 제 정신이 이 시기에 머물러 있다면 어땠을까요. 여전히 슈퍼 히어로 우주맨이라고 나만의 세상에서 뿌듯해하며 잠자기 전 씨익 미소를 날렸을까요.

내가 슈퍼 히어로 우주맨이라니! 엄마 아빠에게 자랑하고 싶은 마음이 들 때마다 그 형하고의 약속이 떠올랐습니다. 이 일을 어디에도 말하면 안 된다는 약속. 그러니까 제가 말을 길게 하지 못해서 자랑하지 않은 게 아니라 형과의 약속 때문에 그날 옥상에서의 경험을 어디에도 말하지 않았던 것입니다.

그러던 어느 날, 저는 가족들이랑 저녁을 먹다가 텔레비전에서 그 광고를 보게 되었습니다. 삐삐 확인을 하기 위해 길게 줄을 선 공중전화 옆에서 당시 가장 인기 많은 개그맨이 투박한 수화기를 들고 말합니다. 여보세요? 바로 공중전화 근처에서 통신 전파가 터지는 시티폰의 역사적인 등장이었죠.

"여보, 나도 저거 할까? 그렇게 안 비싸다고 하던데?"

밥 먹을 때도 모토로라 삐삐를 허리에 찬 아빠가 말

합니다.

"그래. 당신이 사기당해서 날린 돈에 비하면 어디 저게 돈이야."

"아빠, 나 삐삐 사달라니까."

중학교 2학년인 김서희 씨의 말에 아무도 대꾸하지 않습니다. 평범한 일상의 한 장면 같지만 어린 저는 발신 전용 시티폰 광고를 보며 조금 충격을 받았습니다. 그러니까, 이제는 공중전화 근처에서 시티폰만 있으면 줄 서지 않고 누구나 전화를 걸 수 있는 시대가 된 것입니다. 물론 기기와 중계기의 도움 없이 전화를 걸 수 있는 우주맨의 발신 능력이 훨씬 뛰어나지만 훅 등장한 시티폰은 어린 제게 조금 충격이었죠. 그런데 그해 가을 퍼스널 커뮤니케이션 서비스 즉 개인휴대통신 PCS폰이 등장하면서 시티폰은 빠르게 이동통신 역사의 뒤안길로 사라졌습니다. 사람들은 통신 기기의 최단기 반짝 스타, 시티폰을 잊었습니다. 하지만 수신과 발신이 가능한 PCS폰의 등장은 어린 제게 시티폰만큼 충격으로 다가오지 않았습니다. 이제 새로운 기기가 등장하면 시티폰처럼 과거의 통신 기기가 될 거라는 건 어린 저도 예측할 수 있었습니다.

밤마다 저는 빛나는 숫자 다이얼을 띄워놓고 마음속으로 말했습니다.

'누구세요? 나예요. 오늘도 학교 끝나고 누나하고 게임하고 놀았어요. 누나는 친구도 많은데 나하고 꼬박꼬박 놀아줍니다. 학교에서 애들이 괴롭히면 꼭 자기한테 말하라고 합니다. 지나가는 애들 볼 때마다 내 동생 김세종 괴롭히면 지구 끝까지 쫓아가서 가만 안 둔다고 해서 아무도 나랑 놀지 않아요. 나는 친구가 없습니다. 그래서 누구님에게 매일 전화를 거는 건 아니에요. 처음에는 그랬는지 몰라도 이제는 누구님이 친구처럼 느껴져요. 누구님은 지금 우주에서 저 숫자들처럼 반짝반짝 빛나고 있어요. 나중에 지구로 오면 나하고 친구 해요. 나는 첫눈에 누구님을 알아볼 수 있어요. 나한테 가장 친절한 사람이 바로 누구님일 테니까요. 내일은 누구님한테 천천히 말을 걸어볼게요. 발음이 정확하지 않아도 하고 싶은 말을 끝까지 해볼게요.'

우주에서 별처럼 빛나고 있는 누구에게 서툴지만 천천히 제 마음을 표현했습니다.

다음해, 저한테 놀라운 일이 일어났습니다. 크리스

마스를 며칠 앞둔 겨울 부모님은 친척집에 가고 집에
는 저와 고등학생이 된 김서희 씨만 남아 있었습니다.
제가 가위바위보에 져서 라면을 끓여야 했는데 김서희
씨는 계란 넣지 말라고 명령한 후 자기 방으로 들어갔
습니다. 그런데 저는 거의 다 익어가는 면발을 강렬하
게 쏘아보다가 냉장고 문을 확 열고 계란 두 개를 꺼냈
지만 한 개는 다시 넣고 계란 하나를 톡 깨서 펄펄 라면
이 끓고 있는 냄비에 넣어버리고 맙니다. 당연히 김서
희 씨는 이 사실을 알게 되었고 자기 말을 무시했다는
이유로 저를 구석에 몰아넣고 다다다 속사포 언어 공
격을 했습니다.

"자, 너도 할말 있으면 해봐."

김서희 씨가 한쪽 입꼬리를 씨익 올리며 비웃었습니
다. 그런데 이때 이 광경을 보던 사탄이 김서희 씨의 악
마력에 두 손 두 발 다 들고 제 편이 되어주기로 작정했
는지 갑자기 제가 말을 술술 하기 시작한 겁니다.

"야! 김서희."

처음에는 이렇게 정확한 발음으로 외친 후에 동생의
의견은 묻지 않고 계란 넣지 말라고 명령한 것부터 다
섯 살 많은 누나로서 할 행동이 아니라고, 내가 얼마나

고민하다가 톡 계란 껍데기를 깬 줄 아냐고 나는 단순히 라면에 계란을 넣은 게 아니라 움츠려 있던 내 안의 흰자와 노른자를 끓는 물속에 넣은 거라고 두두두두 말을 쏟아냈습니다. 쿵쿵 울리는 심장의 고동이 제가 업그레이드됐다고 알려주는 듯했습니다.

김서희 씨는 두 눈을 댕그랗게 뜨고 제 말을 듣기만 하다가 이렇게 말 잘하면서 왜 더듬거리고 말 못하는 척했냐면서 저를 주먹으로 때리기 시작했습니다. 이날처럼 제가 말을 빨리 많이 한 적은 없지만 이후부터 다른 사람 앞에서도 더듬지 않고 말할 수 있게 되었습니다.

시간이 훅훅 흘러 제가 그 형처럼 옥상에서 하늘을 향해 담배연기를 날릴 줄 아는 중학생이 되었을 때, 사람들은 붉은 악마가 그려진 티셔츠를 입고 뜨거운 거리로 쏟아져나와 오! 필승 코리아를 외쳤습니다. 그 무리에 속하지 않고 혼자 아파트 옥상에서 고독하게 담배를 물고 있는 제가 한 마리 어린 악마처럼 느껴진 그때, 갑자기 벌컥 옥상 철문이 열리고 잘 아는 여자 그러나 모르고 싶은 한 여자가 저한테로 돌진하더니 제 뒤통수를 세게 때렸습니다. 제가 눈을 감고 마음속으로 전화를 외치자 숫자 다이얼이 반짝반짝 나타났습니다. 여기 가정폭력범 있다고 112에 신고를 할까 하다가 저는 눈을 떴습니다. 우주맨이라면 히어로답게 처음 사용하는 전화 발신 능력을 인류를 위해서 써야 할 것 같았습니다. 저는 가끔 누나 담배나 훔쳐 피우는 중학교 2학년의 여름을 보내고 있었습니다. 누나를 가정폭력 현행범으로 경찰에 신고하지 않은 인내심 강한 십대이기도 했습니다.

"머리에 피도 안 마른 새끼가 어디서 담배 도둑질이야? 어쩐지 내 담배가 하나둘씩 없어진다 했다. 엄마가 방에서 담배 피우지 말라고 해서 옥상에 올라왔더니 이런 광경이 있을 줄이야. 어쭈? 눈 깔아."

저는 얼른 눈을 내리깔았습니다. 여기서 김서희 씨한테 대항할 수 있었지만 가정의 평화를 위해 참았습니다. 2002년 여름 거리가 붉은 물결에 휩싸이며 세상 사람들이 월드컵에 빠져 있을 때, 아빠는 사업에 실패한 중학교 동창이 죽고 싶다고 해서 정기예금을 해지해서 빌려주었고 이 사실을 알게 된 엄마는 발작하듯이 12층 아파트에서 뛰어내리겠다고 샤우팅했습니다. 누나는 그러면 여기 집주인이 전세 보증금 쉽게 안 돌려줄 거라고 이죽거렸습니다. 저는 학교에서 막 돌아와서 이 소리들을 듣고 있다가 교복을 입은 그대로 옥상으로 올라온 것입니다. 그해 여름 한 달간 아파트 승강기 교체 공사를 했는데 옥상을 통해서 옆 동 승강기를 이용할 수 있도록 옥상을 개방했습니다.

"동생 새끼야. 담배 피우고 싶으면 이 누나한테 달라고 해. 가족끼리 속이는 게 가장 큰 나쁜 거야. 알겠냐?"

김서희 씨는 새 담배를 제 입에 넣어주고 불을 붙여주었습니다. 우주맨의 능력을 숨긴 것도 김서희 씨를 속인 건지는 잘 모르겠습니다. 만약 김서희 씨가 '야, 김세종 너는 할 줄 아는 게 뭐야?' 이렇게 물었다면 저는 전화 발신 능력을 말했을 것입니다.

저는 어른이 된 후에야 비로소 우주맨의 능력을 소소하게 사용했습니다. 군대에서 외출했을 때 두 눈을 감고 집에 전화를 걸어본다든지 제 휴대폰이 어디 있는지 모를 때 전화를 건다든지. 이 발신 능력으로 전화를 걸면 상대방 전화에 발신번호가 어떻게 뜨는지 궁금했는데 발신이 제한된 번호라고 뜬다는 것도 알았죠. 유무선 음성통화가 기본으로 제공되는 요금제가 나오기 전에는 휴대폰 통신 요금을 절약해주는 능력이기도 했습니다. 이십대의 저는 이렇다 할 존재감이 없는 사람이 되어 있었지만 불만은 없었습니다. 남들에게 없는 발신 능력이 있다고 해서 제가 특별하다고도 생각하지 않았죠.

그런 제게 하나뿐인 조카 김한솔 군은 저 우주 미지의 어느 별에서 빛의 속도로 온 특별한 존재였습니다.

"삼촌 좋아요. 한솔이는 삼촌이 짱 좋아요."

김한솔 군은 말을 하기 시작하면서 이렇게 저에 대한 호감을 표현했습니다. 마치 제가 인간 페이스북인 것처럼 그 앙증맞은 손으로 제 볼과 손을 꾸욱 누르며 '좋아요'를 발음했습니다. 제대로 말도 할 줄 몰랐던 저의 십 세 시절과 우리 김한솔 군의 열 살은 다릅니다. 삼촌의 자기소개서를 구전문학 전하듯이 술술 말하는 열 살이라니. 그런 김한솔 군이 늦어도 집에 들어오겠다던 오후 5시에서 10분이 지났을 때 뭔가 문제가 발생한 것이라는 촉이 왔습니다. 그 촉이 바로 온 건 아니고 비추천이 찍힌 댓글을 본 후 침대에 벌러덩 누워 마치 백수의 시간을 현대미술로 표현한 듯한 하얀 천장에 시선이 닿은 순간 에피파니처럼 촉이 왔습니다.

저의 하나뿐인 조카 김한솔 군은 삼촌인 제게 거짓말을 하지 않습니다. 자신이 지키지 못할 약속도 하지 않습니다. 만일 못 하겠다 싶으면 도중에 그 내용을 수정하는 한이 있어도 한 말은 반드시 지키는 아이입니다. 그런 김한솔 군이 아무 연락도 없이 귀가하지 않고 있다니요. 그래도 저는 5시 15분까지 벌렁벌렁 뛰는 가슴을 애써 달래가며 침착하자고 자기 세뇌를 하면서 기다렸습니다. 하지만 더는 기다릴 수 없어서 전화를 걸려고 하는데 제 휴대폰이 보이지 않았습니다. 눈을 감고 숫자 다이얼을 불러내서 김한솔 군에게 전화를 걸었습니다. 신호음은 가는데 받지 않았습니다. 혹시 발신번호 표시 제한으로 걸려온 전화라서 똑똑한 김한솔 군이 안 받는 것일 수도 있어서 저는 바로 제 휴대폰을 찾아서 다시 걸어보았습니다. 전화기의 전원이 꺼져 있다는 안내음이 들렸습니다. 저는 곧장 인근 경찰서로 향했습니다.

"5시에 온다고 했는데 연락이 안 된다고요? 선생님, 좀만 기다려보시죠. 아직 30분도 안 지났잖아요. 애들은 휴대폰 꺼놓고 놀기도 하고요. 휴대폰 잃어버린 줄도 모르고 게임에 빠지면 한두 시간 연락 안 되기도 해요. 연락두절이라고 신고 들어와서 출동하면 피시방 같은 데 있고 그래요."

아동실종 신고를 담당하는 경찰이 타이르듯이 말했습니다.

"아니, 제가 지금 앰버 경보 내달라는 게 아니잖아요. 우리 한솔이가 이럴 애가 아닌데 집에도 안 오고 아예 연락이 안 된다니까요. 열 살이지만 어른인 저보다 똑똑한 아이가 바로 제 조카 한솔이라고요."

"아이고 선생님. 앰버 경보도 다 아시면 이럴 때일수록 조금 더 기다려보세요. 절대로 나쁜 쪽으로 생각하지 마시고요. 아이 부모님한테는 연락해보셨나요? 아니면 아이가 지금 집에 와 있을 수도 있으니 다시 전화 걸어보시겠어요?"

이럴 때 말하려고 범죄수사 유튜브를 본 게 아니지만 김한솔 군과 연락이 닿지 않자 전직 수사관들의 말이 떠올랐습니다. 아동이 실종된 후 재빠르게 찾아야 생명을 구할 수 있다고. 앰버 경보는 신중하게 이루어져야 합니다. 경보 발령이 된 후 대부분 아동유괴 범죄자들은 피해 아동을 가만두지 않기 때문이지요.

다시 집으로 돌아왔습니다. 김한솔 군이 있기를 간절히 바라며 이름을 부르며 문을 열었습니다. 정적이 대답처럼 돌아오고 나서야 이건 쵹이 아니라 김한솔 군에게 무슨 일이 일어났다는 확신이 섰습니다. 전화를 걸어보면 여전히 김한솔 군의 휴대폰은 전원이 꺼져 있다고 나왔습니다.

아까 김한솔 군은 갑자기 누구의 전화를 받고 나갔을까. 게임을 포기할 만큼 만나고 싶은 사람.

—삼촌, 트위터 계정 있으면 내 친구랑 트친해줘. 친구가 급식 먹으면서 그러는데 팔로워가 적어서 슬프대. 알았지. 꼭 해줘.

며칠 전 김한솔 군이 저한테 이런 메시지를 보낸 게 기억났습니다. 트위터 가입 제한 연령이지만 좋아하는 아이돌의 공식 트위터 계정을 팔로우하기 위해 나이 인증 필요 없는 이메일로 뚝딱 계정을 만든 매우 착한 친구라고 김한솔 군이 그랬습니다. 김한솔 군은 그 착한 친구 트위터 계정 아이디를 보내면서 저한테 당장 팔로우하라고 했습니다. 제가 하지 않자 그날 제 방에 와서 자신도 급식 시간에 이메일로 계정 만들어서 바로 팔로우했는데 삼촌은 왜 안 해주냐고 뭐라고 했습니다. 김한솔 군이 저한테 이런 일로 뭐라고 한 건 처음이었습니다.

오후 5시 50분, 저는 트위터에 가입하고 아이디 검색으로 김한솔 군의 친구 계정을 찾은 다음, 팔로우했습니다. 그다음 상단의 편지 모양을 누르고 DM을 보냈습니다.

—안녕, 트위터 친구. 나는 한솔이 삼촌이야. 조카 친구니까 편하게 말해도 될까. 저번에 한솔이가 착한 친구 소개해준다면서 네 트위터 아이디를 알려줬어. 혹시 오늘 학교 끝나고 한솔이 만났니?

쓰면서도 참 두서없는 내용이라고 생각했지만 열 살 아이에게 지금 상황을 구구절절 설명할 수 없었습니다. 그런데 곧 알림음과 함께 DM 답신이 왔습니다.

—아 넹. 안녕하세요. 저는 한솔이랑 같은 반 친구 유나예요. 저도 방금 한솔이 삼촌 팔로우했어요! 이 계정은 덕질 구독계인데 가끔 얼굴 빼고 일상 사진도 올릴 거예요. 오늘도 한솔이 만나서 세 장 올렸어요. 한솔이랑 천변에서 구름이 산책시켰거든요. 그리고 저는 집에 왔어요. 한솔이는 어떤 아저씨 도와주러 간다고 했어요. 그런데 한솔이 아직 집에 안 왔어요? 아까 집

에 가는 중이라고 문자 왔는데.

바로 유나 양에게 통화 가능하냐고 물은 후, 번호를 받아서 통화를 했습니다.

유나 양이 사진 올린 시간과 통화 내용을 종합해서 추리해보면 김한솔 군은 유나 양과 6월 21일 오후 4시 5분쯤 천변의 노란 꽃 무더기 앞에 서 있었습니다. 유나 양은 잠깐 강아지를 산책시키려고 천변에 나왔다가 마침 김한솔 군이 근처에 산다고 말한 게 떠올라서 전화를 한 것이었습니다. 유나 양은 노란 꽃 앞에서 혀를 내민 강아지 사진을 올린 다음 김한솔 군과 천변을 산책했습니다. 그리고 4시 30분 행호천 다리 아래 청둥오리 가족사진을 트위터에 올리고 유나 양은 5시에 영어 과외 받으러 집에 가야 한다고 말했습니다. 김한솔 군은 강아지가 너무 귀엽다면서 이따 또 산책시킬 거면 전화하라고 말했습니다. 헤어지기 전 두 아이는 손가락 브이만 함께 찍었습니다. 유나 양이 이 사진을 트위터에 올린 게 4시 35분. 그런데 유나 양이 집에 오니까 엄마가 오늘 과외 미뤄졌다고 말했습니다. 과외 선생님이 사정이 생겨서 다음에 하겠다고 어제 연락 왔는데 엄마가 깜빡 잊고 전해주지 않은 것입니다. 유나 양은 김한솔 군에게 과외 안 해도 된다고 다시 만나자고 메시지를 보냈습니다.

—나 지금 어떤 아저씨 도와주러 와서 못 가. 미안. 내가 다시 연락할게.

오후 4시 50분. 김한솔 군이 유나 양의 휴대폰에 메시지를 남긴 시각입니다.

—지금 집에 가는 중. 근데 너무나 피곤하여 자려고 해.

유나 양의 휴대폰으로 이 메시지가 온 것은 오후 5시 10분. 저는 유나 양이 보내준 문자메시지 캡처를 바라보았습니다. 첫번째는 김한솔 군이 보낸 게 맞습니다. 만일 그 아저씨란 놈 손아귀에 김한솔 군의 휴대폰이 있었다면 굳이 유나 양에게 메시지를 보내지 않았을 테니까요. 그러나 '너무나 피곤하여' 이런 말투를 보아하니 두번째 메시지는 아저씨라는 놈이 보낸 게 백 퍼센트였습니다.

김한솔 군은 오후 4시 50분 이후 그놈에게 휴대폰을 뺏긴 게 분명했습니다. 김한솔 군이라면 유나 양에게 메시지를 보내는 도중 저를 떠올렸을 것입니다. 저한테도 조금 늦는다고 연락하려는 순간에 그놈이 휴대폰을 뺏고 잠시 후 유나 양에게 메시지를 보냈을 것입니다. 그다음 놈이 김한솔 군의 휴대폰 전원을 껐기 때문에 제가 걸었을 때는 그런 안내음이 나왔던 것입니다.

　삼촌, 구해줘.

　김한솔 군의 절박한 목소리가 제 마음 깊이 울려퍼졌습니다.

3

　처음으로 우주맨이 출동했습니다.

　혹시라도 김서희 씨가 이 사건의 전말을 알게 된다면 저를 코너에 몰아붙이고 등짝 스매싱과 속사포 언어 공격을 동시에 퍼부었을 것입니다. 유나 양과 통화한 후에 왜 바로 자신한테 연락하지 않았냐고 말이죠. 그랬다면 김서희 씨는 바로 경찰에 신고를 했을 테고 경찰에서는 위치정보의 보호 및 이용 등에 관한 법률 제29조 긴급구조요청이 있는 경우 위치정보사업자에게 개인위치정보를 요청할 수 있다는 내용에 따라서 김한솔 군의 휴대폰을 위치 추적했을 것입니다. 하지만 우주맨은 전화를 걸 수 있어도 상대방의 휴대폰이 어디에 있는지는 모릅니다. 그런데도 우주맨인 저는 김서희 씨에게는 물론 경찰에도 알리지 않고 혼자 출동했습니다. 변명하자면 그럴 정신이 없었다고 할까요. 아니면 그때 스스로 슈퍼 영웅 우주맨이라는 그릇된 현실자각타임이 왔던 걸까요. 후자라면 무모한 현실자각타임이었습니다.

6월 21일 오후 6시. 우주맨은 저렴한 가격으로 이용할 수 있는 경기도 시민의 공유자전거를 타고 탐문 수색을 시작했습니다. 우선 성범죄자 알림이 앱에서 아동 청소년 대상 성범죄 전과자 주소를 확보했습니다. 행호천 다리 근처에서 도보로 15분 안에 갈 수 있는 곳. 유나 양이 청둥오리 사진을 올린 시각과 김한솔 군이 유나 양에게 메시지를 보낸 시각을 보면 그놈의 거주지는 행호 다리에서 멀지 않은 곳에 있을 확률이 컸습니다. 도와주러 왔다고 한 걸 보면 김한솔 군은 놈의 거주지에서 유나 양에게 메시지를 보냈을 것입니다. 인근에 아동 청소년 대상 성범죄 전과자가 두 명이나 있었습니다.

가장 가까운 거리부터 찾아갔는데 한 곳은 오래된 빌라의 반지하였습니다. 각종 고지서 더미가 우편함 밖으로 나와 있었습니다. 벨을 눌렀지만 아무 반응이 없었습니다. 1초가 다급한 것을 알고 있었지만 그래도 첫번째 집에 김한솔 군이 있을 수 있다는 가능성을 무시할 수 없었습니다. 그래서 저는 돌아간 것처럼 발소리를 크게 내었다가 담벼락에 몸을 숨기고 반지하를 지켜보았습니다. 반응이 없는 것을 보고 두번째 전과자 집으로 향했습니다. 두번째 집은 첫번째 집에서 자전거로 2분 거리에 있는 옥탑방이었습니다. 소름 끼치는 우연이라고 여길 만큼 전과자들의 거주지가 가까웠습니다. 자전거를 세워두고 두번째 집 계단을 오르기 전에 저는 다시 한번 눈을 감고 김한솔 군의 휴대폰에 신호를 보냈습니다. 전화기 전원이 꺼져 있다는 안내음이 나오더군요. 옥상으로 가기 위해 계단 하나를 오를 때는 저기에 김한솔 군이 멀쩡히 살아 있기를 바랐다가 다음 계단을 오를 때는 김한솔 군이 저기에 없고 집에 무사히 도착해 있기를 간절히 기도했습니다. 그렇게 오르고 올라서 저는 옥탑방의 철문 앞에 도착했습니다. 공개된 정보에 따르면 녹색 페인트칠이 벗겨진 철문 안에는 오십대의 아동성범죄 전과자가 굳이 왜 살아 있는지 의문이지만 어쨌든 살고 있었습니다.

주먹을 꽉 쥐어 철문을 두드렸습니다.

그리고 그때 문이 확 열리면서 퍽 소리와 함께 제 영혼이 몸과의 분리에 성공하며 광활한 우주로 발사된 것 같았습니다.

"한솔이한테 무슨 일이 생긴 거예요?"

"아냐. 너무 걱정하지 마. 이따가 한솔이한테 전화하라고 할게."

저 지구에서 유나 양과 주고받은 통화 내용이 들리나 싶더니,

'경찰에 신고했어야지. 김세종, 혼자 영웅 놀이 해?'

아주 가까운 사람, 그러니까 제가 저를 질책하는 소리가 들렸습니다.

'나는 영웅이라고 착각했나봐. 그래서 혼자 출동한 거지. 히어로 장르에서 영웅은 웬만해서는 경찰의 도움을 받지 않아. 경찰이 영웅의 도움을 받지. 이 촉촉한 액체는 뭐지? 여기는 혹시 우주일까? 눈이 떠지지 않는 걸 보면 내 영혼은 우주에서 소나기를 맞고 있나봐.'

우주의 소나기는 지구에서처럼 막 퍼붓는 빗줄기가 아니었습니다. 뭔가 애틋한 것이 위에서 툭, 툭 떨어졌습니다. 그리고 우주의 소나기를 맞으면 지구 밖으로 나온 영혼이 다시 빛의 속도로 지구로 귀환하나봅니다. 눈을 뜬 곳은 우주라고는 할 수 없는, 지구의 그것도 어느 음습한 창고 구석 같은 데였습니다. 하지만 제 눈앞에는 세상의 모든 빛을 모아서 만들었다고 해도 과언이 아닌 생명체 바로 김한솔 군이 있었습니다. 제가 우주의 소나기인 줄 알았던 애틋한 방울은 김한솔 군의 눈물이었습니다. 하지만 제 입에도 김한솔 군의 입에도 청테이프가 칭칭 감겨져 있어서 우리는 눈빛으로만 말을 할 수 있었습니다.

'삼촌, 나 구하러 온 거야?'

'응. 그런데 바로 잡혀서 미안해.'

김한솔 군의 눈에 눈물이 맺혀 있었습니다. 저는 차마 그 눈을 오래 쳐다볼 수가 없어서 시선을 쭈욱 내리깔았습니다. 우리의 손과 발은 끈으로 단단하게 결박되어 있었습니다. 여기서 악당 그놈은 소주 두 병을 먹고 정신을 반쯤 안드로메다로 보내놓고 있었습니다. 오 주님, 그렇습니다. 어찌 보면 저 소주님 덕분에 저는 살아서 이렇게 자기소개서를 작성하고 있는지도 모릅니다.

그놈이 주님을 영접하지 않았더라면 있는 힘을 다해 돌덩이로 제 머리통을 내리쳤을 것이고 저는 X은하로 가서 저를 우주맨으로 만들어준 그 형을 만났을지도 모릅니다.

"어느 놈부터 없앨까. 인간적으로 큰 놈부터 가는 게 좋겠지."

저는 눈을 질끈 감았습니다. 절대로 무서워서가 아닙니다. 위험한 순간에서 어린 날의 추억이 되살아났기 때문입니다. 이제는 다시 볼 수 없어서 눈을 감아야만 아련하게 떠오르는 그 형. 열 살 아이가 보는 앞에서 형은 국기에 대한 경례를 하듯이 경건한 표정으로 오른손을 심장에 갖다댔습니다.

"꼬마야. 우주맨에게 중요한 건 바로 포즈다. 이렇게 멋지게 가슴에 딱 갖다대는 거야. 그런데 사실은 이거 안 해도 돼. 그냥 폼이야. 넌 그냥 두 눈을 감고 '전화기 나와라' 마음속으로 외치기만 해도 된다고. 그리고 네가 마음속으로 말해도 상대방은 너의 말을 다 듣는다. 물론 X은하로는 전화를 걸 수 없겠지만. 지구에서는 어디든 걸 수 있어. 빛의 속도로."

이런 말을 했습니다. 저는 지금껏 전화 발신 능력을 외롭게 혼자 사용하면서 그 폼을 유지했습니다. 폼을 유지한다는 건 비록 남들은 알아주지 않아도 스스로 우주맨임을 확인하는 최소한의 셀프 인증 같은 것이었습니다. 하지만 김한솔 군 옆에서 바닥만 보다가 마침내 두 눈까지 감은 그 순간에 저는 깨달았습니다. 폼 잡는 것을 내려놓았을 때 비록 영웅은 못 되더라도 사람 구실은 할 수 있을지도 모른다고요. 그놈이 술 취해서 아무 말이나 지껄일 때 이미 경찰은 저와 통화를 끝낸 후였습니다. 경찰은 제가 불러준 주소와 놈의 신상정보를 그렇게 입수했습니다. 이제 출동하는 일만 남았던 것입니다. 저는 익명의 제보자라고 자신을 소개하면서 간절히 바랐습니다. 전화 발신 능력자 우주맨은 비록 붙잡혔지만 경찰이 출동해서 악당을 체포하고 김한솔 군과 우주맨을 구해주기를.

이후 모든 일은 히어로 만화의 엔딩처럼 깔끔하게 처리되었습니다.

경찰이 우리를 구했습니다. 태양경찰서 소속 배 형사님은 김한솔 군과 저에게 무엇보다 안정이 중요하다고 했습니다만 김한솔 군은 병원으로 가는 도중에 어렵게 입을 열었습니다.

"제 나이를 묻더니 도와달라고 했어요. 그 아저씨가."

"괜찮니? 굳이 지금 말 안 해도 된단다."

형사님이 영웅의 미소를 지으며 말했습니다.

"그 아저씨 아들이 저랑 나이가 같은데 아파서 집에 있다고 했어요. 오늘이 아들 생일이래요. 아저씨 집에 가서 같이 케이크 먹고 아들이랑 잠깐 놀아줄 수 있냐고 했어요. 그게 아저씨와 아들을 도와주는 거래요. 어른들은 아저씨와 아들을 무시만 하고 아무도 안 도와준대요. 오늘 생일인데 친구가 없어서 아들이 슬퍼한대요. 삼촌은 기억 못 할지도 모르는데 제 나이 때 친구가 없어서 외로웠다고 술 먹고 말한 적 있어요. 오늘이 삼촌 생일이라서 더 그 아저씨를 지나칠 수 없었어요. 그런데 가니까 아이는 없고."

"그랬구나. 다음부터 그런 어른은 도와주지 않아도 돼. 정상적인 어른은 아이를 도와준단다. 절대 아이한테 도움을 청하지 않아."

지구 영웅 배 형사님은 김한솔 군의 어깨를 다독여

주었습니다. 저는 오늘 만난 배 형사님이야말로 영웅이라고 생각합니다. 익명의 제보자가 그 옥탑방에 아이와 어른이 납치 감금되어 있다고 전화를 걸었을 때장난전화라고 생각하고 끊을 수도 있는데 진짜일 수도있는 가능성을 두고 출동했으니까요.

경찰의 신속한 출동으로 아동유괴범 그놈은 검거되고 김한솔 군과 저는 근처 병원으로 이송되어 치료를받았습니다. 다행히 김한솔 군은 끈 매듭 때문에 생긴상처 외에 큰 부상은 없었습니다. 아니, 다행이라니요.제가 말실수를 했습니다. 보이지 않는 상처, 정신적으로 겪은 큰 상처를 어떻게 진단을 할 수 있겠습니까. 삼촌의 자기소개서를 대신 써주겠다는 김한솔 군은 보이지 않았습니다. 대신 겁을 먹은 것처럼 어깨를 떨면서공기까지도 경계하는 그런 김한솔 군이 제 옆에 있었습니다. 저는 왼손을 내밀어 바로 옆에 있는 김한솔 군의 손을 꼬옥 잡았습니다. 그리고 오른손을 가슴에 갖다대며 가장 완벽하다고 생각하는 우주맨의 포즈를 취했습니다. 시간을 거슬러온 듯 그 형의 목소리가 생생하게 되살아났습니다.

"그리고 꼬마야. 숫자 다이얼에 있는 별 표시는 눌러

도 되거든. 삐삐 음성녹음을 할 때는 그 별 표시를 누르면 돼. 옆에는 우물 정자 표시가 있어. 우물 정자가 뭔지 모르겠으면 어른들한테 그려달라고 해서 보면 알 거야. 자, 이제부터 아주 중요한 거야. 잘 들어. 가운데에 있는 푸른 별 모양은 실수로라도 누르면 안 돼. 그러면 우주맨의 능력이 사라져. 그리고 바로 전에 네가 우주맨으로서 한 일이 네가 한 게 아닌 걸로 돼. 네가 지구를 구했어도 다른 사람이 구한 걸로 바뀐다는 거야. 위험에 처한 대상이 아이일 경우는 아예 사건이 재구성될 거야. 충격적인 사건을 겪지 않은 것처럼 말이지. 내 말 알아듣겠니? 꼬마야. 어려워? 그럼 이것만 기억해. 우주맨으로 있으려면 가운데 푸른 별 표시는 누르지 않는다. 이해하려고 하지 말고 그냥 외워. 내가 지구에서 복역해보니까 교육은 지구의 주입식 교육이 짱이더라고."

"내 기억에서도 지워져?"

"그건 아냐. 너는 기억해. 다른 사람들의 기억에서 사라지고 기억이 새로 고침 되는 거야. 그럼 꼬마야. 오늘 처음이자 마지막으로 우리 같이 내려갈까."

우주의 별처럼 반짝이는 숫자 다이얼. 저는 그 숫자

를 하나하나 바라보다가 가운데에서 반짝이는 푸른 별을 마침내 마음속으로 꾸욱 눌렀습니다. 반짝반짝 빛나는 숫자들이 다시는 돌아오지 않을 추억처럼 어둠 속으로 흩어지기 시작했습니다. 꿈속으로 빠지듯이 저는 천천히 고개를 떨어뜨렸습니다.

눈을 떴을 때 제 앞에는 김한솔 군이 떡하니 있었습니다. 납치를 겪지 않았다면 이 모습이지 않을까 싶은 그런 김한솔 군이 제 앞에 있었죠.

"삼촌! 괜찮아? 이게 몇 개야?"

김한솔 군이 어지럽게 손가락 브이를 흔들었습니다.

"브이."

"다행이다. 우리 삼촌 머리 그대로구나."

곧 연극의 한 장면처럼 김서희 씨가 등장했습니다.

"김세종 돌머리 대단하다. 빨리 일어나. 퇴원하고 네 생일 파티 하게."

"왜 내가 병원에 있는 거야?"

이후 이야기를 들어보니까 김서희 씨가 생일 케이크를 사들고 집에 들어왔을 때 제가 뭐에 미끄러졌는지 식탁 모서리에 머리를 찧고 뻗었다고 합니다. 김서희 씨가 119에 연락해서 구급차를 타고 저를 병원에 데리고 왔다고 합니다. 김한솔 군은 행호천변에서 공유자전거를 타고 놀다가 집에 와보니 아무도 없고 식탁 모서리가 까져 있고 의자 하나가 넘어져 있어서 김서희 씨한테 전화를 했다가 제가 다쳤다는 소리를 들었다고 합니다. 김서희 씨가 삼촌은 아무 이상 없고 자빠진 김에 잠시 잠든 것뿐이라고 말했는데도 저를 걱정하면서 택시 타고 병원에 왔다고 합니다.

김서희 씨 말에 의하면 김서희 씨는 의사의 진단을 듣기 전까지는 저를 걱정했다고 합니다. 식탁 모서리가 벗겨질 정도로 강한 충격을 받고 제가 넘어졌으니 머릿속을 꼼꼼히 봐달라고 했는데도 의사는 고개만 갸웃거렸다고 합니다. 검사 결과 제가 아주 멀쩡하더라는 겁니다. 머리에 상처라도 날 법한데 식탁만 망가졌다니 강철 머리통이라고 의사가 진단했다고 하네요. 검사 결과 아무 이상이 없어서 눈뜨는 대로 퇴원해도 된다고 했답니다. 저는 두 눈을 감고 마음속으로 전화를 외쳐보았지만 빛나는 숫자 다이얼은 나타나지 않았습니다.

퇴원한 후에 저는 어스름이 내려앉기 시작한 동네를 걸었습니다. 무심히 두 손을 추리닝 주머니에 넣었는데 명함이 만져졌습니다. 발신번호 표시 제한으로 걸려온 익명 제보자의 전화를 무시하지 않은 지구 영웅 배 형사님의 명함이었습니다. 저는 구석에서 굳건히 자기 자리를 지키는 공중전화 부스로 들어갔습니다.

태양경찰서에 전화를 걸어 배 형사님을 찾았습니다. 곧 배 형사님의 든든한 목소리가 들렸습니다. 저는 그놈이 잡혔냐고 물었습니다.

"아, 그 익명의 제보자님이세요? 네, 범인은 현장에서 바로 검거했습니다. 취조받는 도중에 다른 범죄까지 자백했습니다. 수사 내용을 말씀드릴 수는 없지만 시민 분들이 안심하며 생활할 수 있도록 철저하게 수사하겠습니다. 시간 되시면 6월 말까지 경찰서에 한번 내방해주시죠. 우리 경찰서에서 올해부터 분기별로 마련한 시민 제보 영웅상이 있습니다. 제가 선생님을 적극 추천해서 모두 동의한 상황입니다. 저번 분기에 시민 제보가 한 건도 없어서 선생님이 첫번째 시민 영웅 수상자입니다. 그런데 연락처를 알 수 없어서 안 그래도 선생님 연락을 기다리고 있었습니다. 큰 액수는 아니지만 소정의 경기지역화폐가 지급되고 증서도 나오는 명예상입니다."

저는 마음만 감사히 받겠다고 말했습니다. 그리고 피해자는 어떻게 됐느냐고 물었지요.

배 형사님의 말에 의하면 피해자는 자기가 중학교 2학년 남학생의 모습을 하고 있지만 X은하에서 불려온 우주맨이라고 자기소개를 했다고 합니다. 예전에 지구 아이에게 능력을 불법 공유했는데 이런 소환 오류가 생길 줄은 몰랐다고 하면서 오늘 자기를 본 지구인들은 내일 자기의 존재를 잊을 거라고 했답니다. 그러니 피해자 진술 조서도 쓸 필요도 없다고요. 대신 범인이 오늘 자기 입으로 범죄를 다 말할 수 있도록 설정해놓고 갈 테니 잘 수사하라고 했다는군요. 자기는 이왕 이렇게 온 거 지구의 여름을 관광하고 고향 별로 돌아가겠다고 했답니다. 우선 심리 안정이 필요해 보여서 그 중학생을 바로 청소년쉼터로 보냈는데 방금 전 그곳에서 '잘 쉬다 갑니다' 이런 쪽지를 남겨놓고 사라졌다는 연락을 받았다고 합니다. 저는 배 형사님에게 그 중학생은 고향 별로 잘 돌아갔을 거라고 말했습니다. 그렇게 제자리를 찾아가는 것이라고요. 우주맨은 우주맨의 별로, 지구인은 지구인의 자리로.

김한솔 군은 졸린 눈을 비비며, 끝까지 삼촌의 자기

소개서를 완성해주겠다고 했습니다. 제 조카라서 하는 말이 아니고 참 책임감이 강한 지구 어린이입니다. 하지만 자기 일은 스스로 해야 합니다. 저는 김서희 씨의 명령을 어길 수 없어 이렇게 6월 21일 깊은 밤까지 자기소개서를 작성하고 있습니다. 하지만 추억으로 남은 그 형과의 약속 또한 지키고 싶어서 이 자기소개서는 어디에도 공개하지 않을 예정입니다.

그러니까 이 글은 새로운 내일이 오기 전에 지구에서 삭제될 우주맨의 우주맨에 의한 우주맨을 위한 자기소개서입니다.

모르는 사이

조형래(문학평론가)

김주원의 인상적인 데뷔작 『피터 팬 죽이기』(2004)에서 죽여야 할 '피터 팬'은 과연 누구였을까. IMF 사태 전후, 스스로의 자리를 찾지 못하고/찾을 수 없어 방황을 거듭했던 청년들의 미성숙한 자기 자신을 가리켰던 것은 아닐까. 그렇다면 우리는 이 소설을 그러한 과거의 자기와 애써 결별하고자 하는 성장통에 관한 이야기로 읽을 수 있을 터다. 그래서인지 '1인칭 관찰자'를 자처하는 서술자는 주변 인물들뿐만 아니라 스스로에 대해서도 자조와 실소가 뒤섞인 어조로 일관하고 있다. "나는 이 세계에 내던져진 가상인물에 불과하다"(253쪽) 같은 문장에서 역력히 드러나는 자기소원감(自己疏遠感)은 그 자연스러운 귀결일 것이다.

그런데 세계로부터 배척받은 자기 및 자기 세대에 대한 이야기를 서술자로서의 자의식에 입각하여 쓰고 있다는 습작노트와도 같은 소설의 형식에는 다소 기묘한 부분이 있다. 여전히 '피터 팬'에 머물러 있는 스스로의 정체성을 애써 지양하려 드는 자기부정과 그러한 자신에 애착을 갖고 초점을 맞추어 쓰지 않을 수 없다는 자기애착이 혼재되어 있다는 것이다. 그리고 이것에 의한 괴리가 앞서 인용한 문장에 나타난 바와 같은 자기소외 내지는 소원감의 근간을 형성하고 있다. 이렇게 소원화(疏遠化)된 자기에 대한 초점화는 스스로에 대해 거리를 두면서 서술하는 '나'라는, 자신에 대한 대상화 내지는 분리에 입각한 것이다. 과거의 자기를 현재의 시점(時點)에서 대상화하는 리얼리즘소설의 일반적 서술 장치와는 다르다. 오히려 나를 비롯한 등장인물들의 과거와 현재에 관한 회상(flashback)과 사전제시(flash-forward)를 자유자재로 넘나들고 있다. 일종의 자유로운 유체이탈적 서술이랄까. 따라서 그러한 분리에 의한 소원감이 더욱 두드러지는 편이다.

즉『피터 팬 죽이기』는 자기 (세대) 애증의 교착된 서술 형식이 '나'의 소외 내지는 배제의 감각을 전경화하고 있는 소설이다. 세계로부터 배척되고 있다는 주인공 세대의 처지에 비추어 이러한 스타일이 의미심장하다는 것은 말할 필요도 없다. 그리고 이것은 김경주의 시「부재중」의 유명한 시구 "나는 이 세상에 없는 계절이다"에서 나타나는 자기 부재의 파토스와도 일정 부분 통한다는 점에서 비단『피터 팬 죽이기』에만 해당되는 감각도 아니다. 물론 부재하는 주체라는 역설의 존재론에 입각해 있는 시「부재중」에 비해 김주원의 소설은 청년과 세대의 문제를 보다 직접적으로 다루고 있다는 차이가 있다. 하지만 이러한 자기소원감이 00년대의 어떤 이들에게 부지불식간 공유되고 있었다는 사실을 납득하기에는 충분하다. 그리고 이것은 비단 그때에만 해당되는 이야기인가. 김주원의 인상적인 신작들은 이러한 문제에 관해 대략 20년간의 시차를 두고 다시금, 그러나 또다른 방식으로 천착하고 있다.

2

「십분 이해하는 사이」는 학교 5층 옥상에서 투신하려는 동년배 고교생을 만류하는 '나'의 소박하지만 유쾌한 선의(善意)에 관한 단편처럼 보인다. 하지만 두 사람은 이미 '왕따'로 인해 그야말로 고독하게 자살한 지오래다. 단지 죽음의 순간을 반복하고 있는 유령일 뿐이었다. 이러한 반전이 드러나면서 이 소설은 서두에서부터 다시, 즉 두 번 읽지 않을 수 없는 이야기가 된다.

즉 '너'와 '나'는 애초부터 서로가 죽었다는 사실을 알고 있었음에도 불구하고 아무렇지도 않은 척 대화를 나누고 있었던 것이다. 시답잖아 보였지만 실은 복선이었던 여러 '개그' 특히 '사이'에 관한 말장난을 섞어가면서 말이다. 그러면서 '너'와 '나'가 비록 쓸쓸하게, 고독한 죽음을 맞이한 적이 있었던 유령일지언정 죽음의 반복을 만류하거나 서로의 뒷모습을 지켜보는 누군가가 되어주었다는 점에서 혼자가 아니라는 사실을 확인하게 된다. 즉 죽음의 순간을 반복하려는 '너'에게 조심스럽게 하지만 태연한 척하면서 말을 거는 '내'가,

그리고 '나'의 낙하 직전의 뒷모습을 목격한 유일무이한 '네'가 되어줄 수 있었다는 것이다.

그렇게 그들은 두 사람만의 현실을 형성한다. 즉 서로의 사생활(死生活)을 공유하는 '십분 이해하는 사이'로 거듭나게 된 두 사람은 이제 유령일지언정 더이상 고독하지 않다. 그들은 이승의 십 분 동안이 아닌 '진짜 쉬는 시간' 즉 더이상 죽음을 반복하지 않아도 되는 안식과 영면을 향해 나란히 걸어갈 수 있게 되었다. 따라서 이 소설은 생전(生前)과 절명의 순간 그리고 사후에조차 고독했던 미성년의 두 죽음이 서로의 사생(死生)을 알아보고 마침내 신원(伸冤)에 이르게 되는 이야기라고 해도 틀리지 않다.

하지만 이러한 고독의 해원(解冤)은 어디까지나 사후에, 그것도 여러 차례 투신을 반복한 후에 이루어진 것이다. '너'가 말하고 있는 것처럼 "우리가 있던 현실" 즉 생전에는 불가능한 일이었다. 심지어 그들이 형성하고 있는 '현실'과 유대 역시 전적으로 사(死)에 속할 뿐이다. 생(生)의 이편, 가령 코트에서 농구하고 있는 '너'의 동급생 같은 이들에게는 전혀 가닿을 수 없는 다른 세계의 소관인 것이다. 그래서인지 그들의 존재를 알아차릴 리 없는 동급생들과 선생 등 산 자에 대해 오고 가는 '너'와 '나'의 말은 어딘지 모르게 쓸쓸해 보인다. 서로의 뒷모습을 봐주는 '너'와 '나'의 '사이'가 영원한 안식 직전의 그들에게 무엇과도 바꿀 수 없는 위안이 되었다고 해도 말이다.

따라서 '너'와 '나'는 죽음의 순간을 반복하면서 사생(死生)에 걸쳐 있는 십 분이라는 어떤 '사이'에 계류되어 있다가 결국 죽음 쪽으로 쏠려버린 것이다. 이들 유령이 생전을 반추하면서 자신들을 알아볼 리 없는 산자들의 세계 '나만이 없는 거리'를 건너다보고 있다. 그들이 사후에(만) 획득할 수 있었던 유대는 『피터 팬 죽이기』의 승태 같은 이들을 존재론적으로 위무하는 데 긴요한, 일종의 후일담 같은 것이라고 해도 좋을 것이다. 따라서 어떤 이들에게 이 「십분 이해하는 사이」의 이야기가 지극한 위로가 될 것이라는 사실은 말할 필요도 없다. 하지만 동시에 이 소설은 형식(론)적으로 세계로부터 축출된 유령의 발화와 시선에 입각해 있다. 누구도 그 존재를 알아차릴 수 없다는 점에서 실상 이 세계에 부재하는 '나'라는 대상에 초점을 맞추고 있는 셈이다. 이것이 앞서 논의한 『피터 팬 죽이기』의 자기소외의 감각과 통하는 것처럼 보이는 것은 과연 우연에 지나지 않는 것일까?

3

「우주맨의 우주맨에 의한 우주맨을 위한 자기소개서」의 주인공이자 서술자인 '나' 김세종 역시 하잘것없는 백수인 스스로의 처지를 자조해 마지않는 태도로 일관하고 있는 것은 여러모로 의미심장하다. 그리고 유년 시절 나비가 인도한 기연(奇緣)에 의해 마치 투신하려는 것처럼 보이던 (하지만 자신이 X은하에서 왔으며 단지 고향에 돌아가고자 했던 것뿐이라고 말하는) 중학생을 구했으며 그 대가로 마음만 먹는다면 언제 어디에나 통신을 할 수 있는 특별한 능력을 부여받은 소위 슈퍼 무존재 히어로 우주맨을 자처하는 것은 그러한 처지를 상쇄하기 위한 허장성세 내지는 일종의 편집증처럼 보이기도 한다. 중학생의 자살에 관한 엄마의 전언이 곧바로 이어지기 때문에 더욱 그렇다. 뿐만 아니라 실제로 그러한 능력은 대체로 쓸모가 없었거나 사소한 일에 쓰였으며, (슈퍼 히어로 장르물의 설정이 으레 그렇듯이) 다른 이들이 알아차리게 되면 능력 자체가 사라진다고 주장하고 있기도 하다.

그 능력이 유일무이하게 빛을 발했던 것은 유괴된 조카 김한솔 그리고 그를 찾으러 나섰다가 '나' 역시 범인에게 납치되어 함께 살해당할 위기에 직면했을 때다. '나'는 온몸이 결박당했지만 우주맨의 특별한 능력을 이용하여 범인 몰래 경찰서에 신고할 수 있었고 그리하여 조카와 스스로를 구해내는 데 결정적으로 공헌한다. 하지만 무존재한 백수가 슈퍼히어로 우주맨으로 완전히 거듭날 수 있었던 바로 그 순간 '나'는 유괴의 심리적 충격에 시달리는 조카를 다시금 구제하기 위해 히어로적인 선택을 감행하게 된다. 우주맨의 특별한 능력을 대가로 납치 사건 자체를 아예 일어나지 않았던 일로 돌려버린 것이다. 아무도 모르는, 오로지 나만이 알고 있는 사건으로 말이다. 그리하여 '나'는 식탁 모서리에 머리를 부딪혀 기절한 것이 되었고 조카 한솔은 원래의 천진난만한 모습 그대로 남을 수 있게 되었다. 그리고 '나'는 다른 납치 사건의 제보자로 기억된다. 다름 아닌 과거 자신에게 특별한 능력을 부여했던 중학생, 즉 우주맨을 다시 한번 구출하는 데 기여하게 된 것이다.

그러나 이 모든 사실은 '나'만이 알고 있는 진실이다. 누나 서희 그리고 누구보다도 사랑해 마지않는 조카 한솔이 예전과 다를 바 없는 평범한 일상을 영위하도록 하기 위해서는 스스로가 우주맨이었다는 엄연한 진실을 희생시키지 않을 수 없다. "우주맨의 우주맨에 의한 우주맨을 위한 자기소개서"는 묻어두고 무존재한 백수 신세를 벗어나기 위해 계속해서 자기소개서를 써야 한다. 한때 우주맨이었던 '내'가 전혀 그런 적도, 그럴 리도 없었던 일상의 세계를 건너다볼 수 있을 뿐이다. 즉 '내'가 알고 있었던 '내'가 전적으로 부재한 세계를 그저 지켜보기만 해야 하는 것이다.

옥상에서의 십 분 동안 이해하는 사이가 되었던 두 영혼처럼 우주맨 역시 자신만의 현실을 형성하고 있다. 그 속에서 '나'는 조카와 중학생 우주맨을 무려 두 번씩이나 구해냈다. 그것은 '나'의 우주맨으로서의 역사이자 존재 의의일 터다. 하지만 그 분명한 사실을 '나'를 제외하고는 아무도 알지 못한다. 오로지 나만 알고 있는 그 사실을 번연히 감당하면서도 나만이 없는 거리 즉 우주맨으로서의 내가 부재한 세계를 지켜보면서 살아가야 한다는 것을 기꺼이 긍정하는 일에는 분명 특별한 의미가 있다. 하지만 어쩐지 쓸쓸하게 느껴지는 것도 사실이다.

김주원 소설의 특별한 파토스는 이러한 자기부재를 의식하면서 지켜보기만 해야 하는 비애 그리고 한편으로 그것을 아무것도 아닌 것처럼 자조하는 프로이트적 의미의 유머 사이의 간극에서 온다고 해도 틀리지 않다. 그리고 이를 수행하는 소설의 서술자들은 우리가 살고 있는 현실들 속에는 부재하는 어떤 유령과도 같은 객관의 시선이 이편의 세계를 건너보고 있을지도 모른다는 것을 독자들로 하여금 돌연 의식하도록 만든다. 한편으로 김주원의 소설은 마이너한 존재들이 스스로 형성한 현실 속에서 서로의 뒷모습을 알아보고 지켜주는 데서 오는 지극한 위로를 제공한다. 하지만 동시에 그들이 어디까지나 우리가 살고 있는 현실들로부터 배제되거나 축출된, 모르는 사이의 존재라는 엄연한 진실을 통절하게 의식하게 만든다. 어쩌면 이러한 역설이야말로 김주원 소설이 제시하는 남들이 모르는 사이의 특별한 진실일지도 모르겠다.

다시 조심스럽게 걷듯이 소설을 쓰고 있습니다.

2022년 11월
김주원

김주원

소설 쓰는 사람.

십분 이해하는 사이

초판 1쇄 인쇄 2022년 12월 13일
초판 1쇄 발행 2022년 12월 23일

지은이 김주원

편집 강건모 이희연 정소리 ｜ 디자인 윤종윤 이주영
마케팅 배희주 김선진 ｜ 저작권 박지영 형소진 이영은 김하림
브랜딩 함유지 함근아 김희숙 고보미 박민재 박진희 정승민
제작 강신은 김동욱 임현식 ｜ 제작처 영신사

펴낸곳 (주)교유당 ｜ 펴낸이 신정민
출판등록 2019년 5월 24일 제406-2019-000052호

주소 10881 경기도 파주시 회동길 210
문의전화 031-955-8891(마케팅) 031-955-2692(편집) 031-955-8855(팩스)
전자우편 gyoyudang@munhak.com

인스타그램 @gyoyu_books 트위터 @gyoyu_books 페이스북 @gyoyubooks

ISBN 979-11-92247-72-4 03810

이 책은 경기도, 경기문화재단의 지원을 받아 발간되었습니다.